Nadie escucha

Julio Llamazares

Nadie escucha

ALFAGUARA

ALFAGUARA

1995, Santillana, S. A.
Juan Bravo, 38. 28006 Madrid
Teléfono (91) 322 47 00
Telefax (91) 322 47 71

• Aguilar, Altea, Taurus, Alfaguara S. A.
Beazley 3860. 1437 Buenos Aires
• Aguilar, Altea, Taurus, Alfaguara S. A. de C. V.
Avda. Universidad, 767, Col. del Valle,
México, D.F. C. P. 03100

ISBN:84-204-8180-7
Depósito legal: M. 15.294-1995
Diseño:
Proyecto de Enric Satué
© Cubierta:
gráfica futura

© Foto: Mauricio Peña

A Bruna, que sí escuchaba.

Índice

Nadie escucha

Últimamente hay demasiado ruido. Si de alguna manera tuviera que definir la época en la que estamos viviendo, sería como un tiempo en el que hay tanto ruido que nadie escucha a nadie, ni siquiera a sí mismo.

Últimamente, en España, y supongo que también en otros sitios, el aire está tan lleno de palabras que es imposible oír otra cosa que el ruido que éstas producen. Parece como si todos se hubiesen puesto de acuerdo en ahogar con sus palabras las voces de los demás. Desde mi privilegiado *status* de escritor (privilegiado por marginal, que no por otro motivo) he tratado a lo largo de estos años de sobrevivir al ruido intentando al mismo tiempo hacerme oír, aun sabiendo que es difícil. En un país en el que nadie lee y en un tiempo, como éste, en el que nadie escucha, seguramente el silencio es la única postura inteligente y todo lo demás vanas palabras condenadas, como todas, a convertirse en ruido.

Así pues, estas que aquí presento son las palabras que yo he aportado al ruido general en los últimos cuatro años como cultivador esporádico, cada vez más esporádico, del periodismo (no en vano el escepticismo va creciendo con la edad). Como en *En Babia*, mi anterior libro de artículos, las he agrupado siguiendo el orden de aparición y una distribución puramente periodística: opinión, reportajes y viajes, si bien en éste añado una entrevista, una entrevista inédita, la única que he hecho en todo este tiempo, y cuyo protagonista es un mendigo al que le debo noches inolvidables y la inspiración de algunos de estos artículos, y que murió en su banco de la plaza de la Villa de París, en Madrid, cuando este libro ya estaba en imprenta. A él, y a quienes como él son capaces de escuchar a los demás sin por ello dejar de oírse a sí mismos, va dirigido este libro.

Madrid, primavera de 1995

I. Opinión

El comisario de Happaranda

Hace tres años, viajando por Suecia, fui a caer una mañana en Happaranda, una pequeña ciudad costera del mar Báltico y fronteriza con Finlandia, de la que sólo le separa el cauce impetuoso del río Torneo. Mientras desayunaba en un café, me entretuve en hojear el periódico local, un mínimo diario de nombre impronunciable: el *Norbottenskuriren*. La principal noticia ocurrida el día anterior en la ciudad, y que ocupaba enteramente la portada, era que el único preso que había en el calabozo de la comisaría de policía de Happaranda había huido por debajo de la puerta aprovechando un descuido del comisario. El huido, sin embargo, era educado. Desde Torneo, al otro lado de la frontera, había llamado al comisario por teléfono para comunicarle su situación y para pedirle excusas por habérsele fugado. Pese a ello, el comisario estaba enfadado. A preguntas del periodista, aquel hombre rubicundo y bonachón, con cara de apicultor o de pescador de caña, se quejaba amargamente de su suerte y confesaba que, cuando habló con el preso, lo único que le preguntó era si tan mal le había tratado durante su estancia en el calabozo como para que *(sic)* «le hiciese esa faena».

En España, al parecer, hay algunos que pretenden que nuestros policías sean suecos, y que actúen como tales, sin reparar en que nuestros delincuentes no son precisamente escandinavos. Y no me refiero tanto a esos viejos *progresistas* que todavía siguen pensando, no sin razón, ciertamente, aunque no en todos los casos, que el delincuente no es más que el fruto de la injusticia y de la desigualdad social (lo que no impide, no obstante, que, mientras éstas se arreglan, uno aspire a que una noche no le claven un cuchillo en la barriga) como a los iluminados que exigen rectitud ilimitada en su actuación a la policía, pero que cierran los ojos ante la de sus contrarios. Las manifestaciones de estos días de algunos dirigentes de Herri Batasuna calificando de venganza policial la muerte de dos etarras que, a su vez, habían matado el día anterior a diez personas, varios niños incluidos, en un salvaje atentado, serían un buen ejemplo de lo que estoy contando.

Nunca he entendido muy bien cómo se puede llegar a ese estado de *bondad intelectual* que permite considerar luchadores por la paz a quienes introducen en el patio de un cuartel un coche-bomba mientras que a los guardias civiles que los detienen o, en el enfrentamiento con ellos, los matan, se les llama justicieros y asesinos, sin reconocer siquiera que, al menos en este caso*, si los guardias civiles hubiesen actuado de ese modo no sólo habrían matado a los dos dirigentes, sino a todos los miembros del comando. Entiendo, sí, que alguien pretenda la independencia de su país, que dedique toda su vida y su bienestar a ello y —aunque yo no lo comparta— que incluso, con ese objetivo, elija la lucha armada. Pero lo que no puedo entender es que, una vez tomado ese camino, espere que sus enemigos vayan a actuar con él como si fueran sus madres. Y no lo digo tanto desde la óptica *españolista* (es decir, desde la de los pobres hombres que no tuvimos la suerte de nacer en el País Vasco) como desde la perspectiva de los propios *abertzales*. Porque, una de dos: si, como ellos mismos pretenden, esto es un *western* sangriento en el que hay *buenos* (los miembros de ETA) y *malos* (los policías), lógico es que unos y otros se comporten como tales; y si, por el contrario, como también ellos dicen, esto no es una película, sino una guerra entre dos ejércitos, el español y el vasco, ¿por qué imaginar entonces que uno de los dos ejércitos no va a utilizar las armas?

* Se refiere al atentado con coche-bomba del cuartel de Vich (Barcelona), en el que murieron varios niños, hijos de guardias civiles, y a la posterior muerte, en enfrentamiento con la policía, de los miembros del comando.

Aun así, cada vez que se produce la muerte de un etarra, los dirigentes de Herri Batasuna ponen el grito en el cielo y convocan una huelga general en el País Vasco. Lo mismo da que el etarra haya muerto, como Arregui, torturado en un calabozo (supuesto éste, por cierto, como otros parecidos, que muchos *españolistas* también hemos condenado) que como resultado de la explosión del artefacto que preparaba. Es decir: como si la policía fuera culpable lo mismo de la muerte por torturas de un detenido en sus calabozos que del fallo de una bomba preparada contra ella y aun de la propia impericia del que la manipulaba. De lo que se deduce, pues, que o bien Herri Batasuna pretende que sólo los *buenos* puedan hacer uso de sus armas (lo cual no se corresponde ni con la lógica ética ni con la cinematográfica: en ninguna película, que yo sepa, el *bueno* es el único que dispara, y mucho menos a traición y por la espalda) o bien que ni ellos se creen su teoría de que esto es una guerra entre dos ejércitos nacionales. ¿O es que alguien se imagina, por ejemplo, que, en Irak, cada vez que a un soldado iraquí le explotase una granada entre las manos, convocasen una huelga general para protestar por la crueldad y la política represora de las fuerzas multinacionales?

Así pues, sólo me cabe pensar que lo que Herri Batasuna pretende, a juzgar por sus declaraciones, es que la policía española sea como la de Happaranda: un cuerpo de funcionarios bonachones y simpáticos que, en lugar de metralletas, lleven porras y que traten a los detenidos como si fueran sus padres. No estaría mal, la verdad, y yo ahora mismo firmaba. Pero para eso haría falta también que los etarras fueran escandinavos, lo que, de momento al menos, no parece interesarles. Así las cosas, y mientras eso no ocurra, lo que éstos pueden pedir, porque la ley les ampara, es su estricto cumplimiento policial y que nadie se tome la justicia por su mano, cosa que yo también pido, aunque, en mi caso, a ambos bandos. Pero exigirle a la policía que se comporte con ETA con modales exquisitos mientras ETA hace con ellos justamente lo contrario es tanto como querer que, además de hacer de blanco, sonrían y sean amables. Es decir: que, encima de hacer de putas, pongan la cama.

(1991)

La cruz y el martillo

Miro hacia atrás, hacia los desolados años sesenta que algunos ahora pretenden volver a poner de moda (seguramente porque ignoran lo que fueron), y me veo a mí mismo entre un coro de escolares que, tras tomar la leche en polvo americana que el maestro repartía en el recreo, cantamos el catecismo dirigidos con la mano, como si fuera Von Karajan, por el párroco del pueblo:

Cura: Pregunto: ¿eres cristiano?

Coro: Respondo: sí, soy cristiano por la gracia de Dios.

Cura: Pregunto: ese nombre de cristiano, ¿de quién lo hubiste?

Coro: Respondo: de Cristo Nuestro Señor.

Cura: Pregunto: ¿qué quiere decir cristiano?

Coro: Respondo: hombre de Cristo.

Cura: Pregunto: ¿qué entiendes por hombre de Cristo?

Coro: Respondo: hombre que fue bautizado y está a su santo servicio...

Años más tarde, y ya con pantalón largo, me vuelvo a ver sentado en un pupitre siguiendo atentamente el vuelo de una mosca por la clase mientras el Padre Pacífico, el bravo misionero capuchino que murió poco después en Venezuela intentando ganar para la fe a los indios motilones, trata de hacer lo mismo con nosotros luciendo sobre el hábito el *cangrejo*, esto es, el yugo con las flechas, y debajo, y asomando por el cuello, la camisa falangista. Labor que proseguirían, cuando llegué al instituto, un cura loco y levítico cuya mayor obsesión era salvarnos a todos del vicio de la lujuria y otro gordo y colorado al que llamábamos *Panza Negra* por su abultada barriga y para el que el mayor peligro no era la carne, que es débil, ya se sabe, pero carne al fin y al cabo, sino el cartilaginoso espíritu del comunismo. Por fin, y ya en la universidad —tras pasar, claro está, por los sermones castrenses del capellán de la mili, para quien nosotros éramos, precisamente, los elegidos por Dios para librar a España de ese peligro—, vuelvo a verme nuevamente en un pupitre oyendo hablar a otro cura del que ya no recuerdo nada porque solía dormirme.

Ésa es, a grandes rasgos, la formación religiosa que, desde que tenía seis años, fui recibiendo a mi paso por los distintos colegios que tuve que recorrer para no llegar a nada. Una estricta formación basada en la autoridad y en la práctica diaria y que, al final, dio los frutos que podían y debían esperarse: no he vuelto a entrar en una iglesia, salvo por imponderables, desde hace por lo menos quince años.

Creo que fue Santiago Carrillo, el viejo líder ex comunista al que tanto temía *Panza Negra* (seguramente porque no le había visto aún bien el rabo), el que acuñó la expresión *la cruz y el martillo* para describir la colaboración que su partido encontró, en los últimos años del franquismo y durante los primeros de la democracia, entre determinados sectores de la Iglesia deseosos de lavar su triste imagen. Creo, empero, que la frase sirve mucho mejor para ilustrar la actuación de ésta durante el pasado régimen y la que, al parecer, pretende volver a desempeñar desde hace algunos años. Por lo que se puede ver, a Dios rogando y con el mazo dando no parece que sea sólo un refrán para nuestros actuales dirigentes religiosos.

El rabo, como a Carrillo, se les ha visto a nuestros obispos asomar por debajo de la sotana a medida que este país se ha ido normalizando y la aconfesionalidad constitucional que sancionan nuestras leyes ha comenzado a ponerse en práctica. Un rabo largo y autoritario que trata, como siempre, de llegar a todas partes —de la televisión a los condones y de las declaraciones de la renta a las mortales— y que se convierte en látigo cada vez que el gobierno intenta meterles mano, aunque sea castamente, en su tradicional coto privado: la enseñanza. Últimamente, por ejemplo, con el respetuosísimo decreto que regula la enseñanza de la religión en los centros escolares.

Lo de respetuosísimo lo digo por usar una palabra suave. Porque lo normal sería, siendo como es éste un país laico, que la religión desapareciera sin más de los programas y de las aulas y que el que quiera estudiarla lo haga por su cuenta o en colegios privados, igual que otros estudian astrología, danés o fisioterapia. Aun así, los obispos, que nunca están satisfechos, acusan al gobierno y al decreto de anticlericales, a éste, porque no exige la obligatoriedad de la religión a todos los estudiantes (sólo la de los centros de impartirla a quien lo quiera) y, a aquél, porque les quita el monopolio de su enseñanza (aunque no el de confeccionar el contenido de los programas). Se ve que los obispos no se fían demasiado del interés por la religión de los estudiantes y, también, sobre todo, que, ante la duda, no les importa adoctrinar por la fuerza, como en los viejos tiempos, al que se niegue a hacerlo de manera voluntaria.

En el fondo, y bien mirado, tienen razón los obispos, y el gobierno, si fuera listo, debería hacerles caso. Como diría un forofo, o somos o no somos, es decir, o se suprime la religión, que es lo que manda la Constitución, o se deja como estaba. Pero andar con medias tintas, como está haciendo el gobierno (que, en materia religiosa, parece, más que un gobierno, un banco de calamares), no es lo más recomendable, tanto si lo hace por miedo a la reacción de la Iglesia como por salvar su imagen. Si por miedo, porque el temor lo único que consigue, como todo el mundo sabe —y como fehacientemente los obispos, en los últimos tiempos, han vuelto a demostrarnos— es hacer crecerse al enemigo, y, si por anticlericalismo, como éstos afirman, aunque no les crea nadie, porque entonces es que está totalmente equivocado: cualquiera sabe que las mejores fábricas de ateos han sido tradicionalmente las clases de religión y los seminarios.

Así pues, y mientras éstas no se supriman del todo, yo abogo porque las clases de religión sigan siendo como antes: con los alumnos puestos en círculo y con un cura gordo en el centro dirigiendo el catecismo con la mano:

Cura: Pregunto: ¿cuál es la señal del cristiano?

Coro: Respondo: la señal del cristiano es la Santa Cruz.

Cura: ¿Por qué?

Coro: Porque en ella murió Cristo, que con su muerte nos redimió...

(1991)

Bajo la arena

Bajo la arena del desierto de Kuwait, entre el polvo de la historia y el petróleo, yacen los cuerpos de miles de soldados iraquíes que quedaron enterrados vivos dentro de sus trincheras bajo el avance de los carros de combate americanos en el transcurso de la última guerra. La noticia apareció hace pocos días en la prensa, procedente de fuentes militares de la propia Norteamérica —y confirmada luego por testigos presenciales de los hechos—, pero enseguida quedó enterrada, como los propios soldados iraquíes, bajo la arena de las noticias que se suceden todos los días y que realmente interesan. En España, últimamente, por ejemplo, los amores del príncipe Felipe, que parece que ha roto con Isabel Sartorius, las declaraciones de Jesús Gil, que no calla ni durmiendo, las reivindicaciones de los nacionalistas catalanes, que al final se arreglan siempre con dinero, y los desvergonzados tocamientos de Michel a Valderrama sobre el césped del Santiago Bernabéu. Cuestiones todas, como se puede ver, de mucho más interés que el destino de unos cuantos millares de iraquíes enterrados vivos en el desierto.

Parece ser que los carros de combate norteamericanos que iniciaron el avance el primer día de la guerra estaban, además, expresamente preparados para ello: iban provistos de grandes aspas para remover la arena y acompañados de excavadoras que se encargaban detrás de ellos de completar la faena. Ello explica, entre otras cosas, el hecho para muchos sorprendente de que los fieros soldados iraquíes que hasta entonces nos había dibujado la propaganda bélica de *los nuestros* salieran como conejos de sus refugios y se entregaran en masa a sus enemigos sin ofrecer resistencia. Al fin y al cabo, a nadie, ni siquiera a un iraquí, le apetece morir de esa manera. Yo he conocido a un hombre que se pasó diez años enterrado en una fosa al acabar la guerra (no la de Irak, la nuestra) y recuerdo que me decía que debajo de la tierra, aparte de pasarse mucho calor, los días se hacen eternos.

Por lo demás, desde el punto de vista estrictamente militar, la estrategia parece ser perfecta. No hace falta siquiera disparar, ni detener el avance para enterrar a los muertos. Y, lo que es más importante, a poco que uno se esmere, ni siquiera se entera nadie de que en efecto ha habido muertos, por más que las televisiones retransmitan el desarrollo de las operaciones en directo. Y, si por casualidad o por la indiscreción de algún militar arrepentido o simplemente ebrio (me refiero, claro está, a un militar amigo, que al enemigo se le desarma fácilmente: basta con enterrarlo vivo silenciando sus palabras o acusándole a su vez de estar mintiendo) la verdad llega a saberse, lo que hay que hacer es encogerse de hombros y decir lo que ha dicho el presidente del Senado norteamericano al conocerse la noticia de lo que realmente había ocurrido en el desierto: «Es la guerra». Que es lo mismo que decía Groucho Marx cuando andaba con sus hermanos conduciendo un tren por el Oeste.

La noticia, ya digo, ha aparecido hace unos días en la prensa, pero enseguida se ha diluido como una barra de hielo al calor de otras noticias mucho más interesantes, tales como la pastoral de tres obispos catalanes que aún siguen sin comprender cómo Dios eligió para nacer una cuadra de Belén, pudiendo haberlo hecho en Barcelona, o como los resultados de la liga de baloncesto. Es lógico. A unos, Kuwait les pilla muy lejos (sobre todo, desde que la victoria de los buenos les ha vuelto a asegurar el suministro del petróleo necesario para sus calefacciones y sus coches durante bastante tiempo) y a otros les pilló siempre: con comer todos los días y encontrar tiempo después para dormir la siesta, tenían suficiente. Y los que desde el primer instante se dieron cuenta del peligro que corríamos y, para defendernos de las iras de Sadam, enviaron al Golfo a patrullar a unos cuantos marineros (por supuesto, con los buenos), han leído la noticia y la han visto oscurecerse al día siguiente como si no fuera con ellos. Al fin y al cabo, ya se sabe, una guerra es una guerra.

Pero esconder la cabeza bajo la arena, como los avestruces ante el peligro, no es buena táctica, sobre todo cuando aquélla está llena de esqueletos. Le ha pasado a Pinochet y les acabará pasando a los norteamericanos y a quienes les ayudaron en la guerra de Kuwait militar o moralmente con el tiempo. En los pólderes de Holanda, los terrenos que poco a poco los holandeses han ido ganando al mar, aparecen de cuando en cuando, tropezados por la reja de un arado o sacados a la superficie por la erosión de la tierra, restos de barcos hundidos y de esqueletos de náufragos o de personas que fueron asesinadas y arrojadas al mar con una piedra atada al cuello. Alguna vez, incluso se ha llegado a descubrir a un asesino, merced a esos hallazgos, al cabo de mucho tiempo, y lo mismo sucede en las excavaciones arqueológicas a veces. Del mismo modo, un día, cuando los años hayan pasado, un grupo de arqueólogos o de trabajadores del petróleo encontrará, al remover la arena del desierto, montones de esqueletos y de huesos esparcidos y alguien, seguramente, se encargará de recordarnos que esos huesos pertenecieron un día a los soldados iraquíes que murieron enterrados en la arena por el único delito de haber ido a nacer en un país regido por un loco que un buen día decidió enfrentarse al mundo. Pero nos recordará también, para desgracia de muchos, que quienes los enterraron vivos no fueron sus generales (que, al fin y al cabo, lo único que hicieron fue aplicar el viejo dogma militar de que en la guerra o te entierras o te entierran), sino los de unos ejércitos que habían llegado allí para instaurar un nuevo orden internacional y devolver a Kuwait su tierra.

Aunque, quizá, ese día, cuando la noticia del hallazgo aparezca en los periódicos, la gente estará ocupada con la noticia de la boda de algún famoso o con la lectura de una nueva pastoral (ecuménica, por supuesto) de los obispos de Cataluña.

(1991)

Sigue grave el minero muerto ayer

Entre las numerosas erratas de prensa que conozco, la que encabeza este artículo es, sin lugar a dudas, la más espectacular. Apareció hace años en portada en un periódico de León de cuyo nombre no quiero acordarme (por respeto y porque hay dos) y le costó, al parecer, el puesto a su despistado autor. Grave injusticia, me temo, por cuanto con su despiste el defenestrado y anónimo periodista acababa de hacer el mejor diagnóstico de la situación de la minería española y especialmente de la del carbón. ¿O qué es, si no, lo que, con eufemismos y medias palabras, vienen diciendo en los últimos tiempos los responsables políticos del sector?

Entre los 4 y los 12 años, es decir, toda mi infancia, viví en un pueblo minero de la cuenca de Sabero, en la provincia de León. Olleros, que así se llamaba el pueblo, era, por los años cincuenta y sesenta, que fue cuando yo viví allí, un bullicioso y próspero núcleo minero en el que se hacinaban más de tres mil personas y al que arribaban cada semana nuevas familias procedentes de toda España y aun de algunos países del extranjero. Eran tiempos de prosperidad. Las minas daban trabajo, corría el alcohol y el dinero y, aunque no pasaba un mes sin que el grisú se cobrase la vida de algún minero (entre mis recuerdos de aquellos años, uno de los más presentes es el de los entierros), la gente estaba contenta porque mientras tanto al menos podía seguir viviendo, cuestión nada fácil entonces por aquellas montañas. Pero nadie se preocupó del futuro, ni siquiera muchas veces del presente, pese a que ya se veían los negros y acechantes nubarrones que empezaban a cernerse sobre ellos. Los empresarios estaban muy ocupados en rentabilizar a toda prisa el buen momento del carbón (y en invertir sus ganancias en negocios más *limpios* y duraderos), los políticos les dejaban hacer (entre otras muchas razones, porque también eran empresarios o accionistas de las minas muchos de ellos), los sindicatos no existían todavía (aún recuerdo, hacia el 64, el primer conato de huelga, que se saldó con varios detenidos y con la guardia civil ocupando el pueblo) y los mineros bastante hacían con sobrevivir a la silicosis y a las penosas condiciones de trabajo en que tenían que desenvolverse. Así las cosas, nadie se preocupó de reinvertir en las minas parte de sus beneficios para que éstas pudieran seguir rindiendo, de promover la agrupación de las pequeñas empresas en grandes cotos mineros que las hicieran más competitivas y viables, de instalar en las cuencas industrias secundarias del carbón que provocasen un efecto económico en cadena ni, por supuesto, de crear otras empresas alrededor de las minas que pudiesen servirles de alternativa cuando al carbón le llegaran peores tiempos. Y, así, cuando éstos llegaron —y el peor, sin duda alguna, es el que estamos viviendo—, aquel floreciente mundo se vino abajo como un castillo de arena.

Sin embargo, y pese a lo que ahora confiesen, políticos y empresarios ya sabían entonces que el carbón español tenía sus días contados y que nuestra floreciente minería era un gigante de barro que sólo se sostenía en pie gracias a la autarquía económica y política en la que nuestro país seguía viviendo. Cualquier ingeniero sabe, y lo sabía ya entonces, que, en las cuencas españolas, se están explotando capas de hasta 50 centímetros de potencia, cuando en cualquier país avanzado se desechan normalmente las de menos de 90. Cualquier ingeniero sabe, y lo sabía ya entonces, que nuestras minas son costosas de explotar, y peligrosas, por la excesiva irregularidad y dificultad de los yacimientos. Cualquier ingeniero, en fin, sabe, y lo sabía ya entonces (o al menos debería saberlo), que el avance del gas natural y del carbón extranjero, mucho más competitivo, iban a hundir al nuestro en poco tiempo. Sin embargo, nadie hizo nada por adelantarse a los acontecimientos. España entró en Europa y el gobierno siguió limitándose a subvencionar las pérdidas de la gran cuenca asturiana (más por razones políticas que por consideraciones estrictamente mineras) mientras dejaba el resto del sector en manos de empresarios sin escrúpulos, salvo honrosas y contadas excepciones, o simples aventureros (la explotación de los extranjeros adquiere en algunas zonas tintes de esclavitud y todavía existen minas en España en las que se trabaja con mulas y a destajo), sin atreverse a iniciar la necesaria reconversión que ahora se quiere hacer de golpe y por la fuerza.

Se quejan nuestros políticos de que la gente no entienda que la reconversión es necesaria para la reindustrialización de las cuencas, y de que los mineros se resistan a aceptarla, cuando éstos lo único que dicen es que la reindustrialización tendría que ser previa. Se quejan los empresarios de estar descapitalizados para acometer por sus propios medios las fuertes inversiones necesarias para la mejora de las minas y el saneamiento de sus empresas, cuando todos reconocen en privado que en los últimos diez años han ganado con las minas gran cantidad de dinero. Se quejan los sindicatos de que los mineros ya no les sigan, cuando ellos son responsables también de lo que está sucediendo, indirectamente al menos, por haber ignorado la gran cuestión de fondo y limitado sus exigencias a las medidas de seguridad y los aumentos de sueldo. Todo el mundo se queja, pero nadie mueve un dedo. Y menos se decide a coger el toro por los cuernos. Mientras tanto, cada día se pierden nuevos puestos de trabajo y se empobrecen más los pueblos de las cuencas, cada semana se convocan nuevos paros y se anuncian huelgas y cada mes se cierran nuevos pozos e, incluso, minas enteras (para finales de este año, por ejemplo, la de mi añorado Olleros, que quedará así convertido en un pueblo fantasma, lo mismo que tantos otros). Mientras tanto, con los mineros atrincherados en su desesperación y con los empresarios batiéndose en desbandada o sacándole el último jugo a las minas vendiendo como propio carbón fraudulentamente importado del extranjero, los políticos siguen cruzados de brazos y se limitan a decir, como aquel periodista de la errata, que continúa grave un sector que todos saben que ya está muerto.

(1991)

Derecho a dormir

Tengo un amigo que nunca abre la puerta de su casa antes del mediodía. Mi amigo vive de noche y duerme por la mañana (y algunos días incluso por la tarde) y tiene la teoría de que nadie llama a una casa por la mañana para llevarle a su dueño noticias agradables. O es el cartero (para entregarle una multa, claro), o un cobrador de recibos, o un vendedor de algo. Rara vez es lo contrario. Y, en cualquier caso, cuando eso ocurre, la buena nueva, según mi amigo, deja de serlo desde el momento en que le obliga a uno a levantarse antes de tiempo de la cama. Mi amigo dice que no hay noticia, por buena que ésta sea, que no pueda esperar hasta la tarde.

Como mi amigo, yo vivo por la noche y duermo por la mañana (costumbre que he adquirido, entre otras cosas, por el hecho de trabajar en casa, lo que me obliga a buscar en la noche la tranquilidad de que no dispongo antes) y, en virtud de ello, me he visto obligado a convertir mi casa por el día en una fortaleza inexpugnable. La conversión empezó siendo paulatina, como todo proceso inducido por las circunstancias, pero decidí acelerarla un día en que, después de acostarme tarde, recibí las siguientes visitas, todas sin previo aviso, a lo largo de la mañana: el revisor de la luz, el del contador del agua, un tipo que se había confundido, un vendedor de libros, otro de calendarios y un último que hacía encuestas para algún organismo extraño sobre las aficiones de los entrevistados.

—La mía, dormir —le dije de mal humor, cerrándole la puerta en las narices y regresando a la cama.

Pero la pesadilla no había terminado. A los pocos minutos volvió a sonar el timbre y, esta vez, el asunto era más grave.

—Hermano, Dios te ama —me espetó a bocajarro un tipo rubio con aspecto de angelote e impoluta y pulcramente trajeado.

—Me alegro.

—Dios te ama, hermano —repitió el angelote sin inmutarse mientras su compañero me sonreía como si le hiciera gracia mi cara.

—Pues no debe de amarme mucho —acerté a responder yo, antes de cerrar la puerta— cuando me saca de esta forma de la cama.

La decisión de no volver a abrir la puerta antes del mediodía salvo amenaza de bomba o visita previamente concertada me ha permitido dormir, al menos durante un tiempo, pero no me ha dejado a salvo de las continuas estratagemas que el *enemigo* ha inventado para colarse en mi casa. Sabedor de mi existencia y no conforme con agredirme con la avalancha de anuncios que me asaltan cada día por la calle, ha puesto cerco a mi casa utilizando para invadirla las pocas brechas que me comunican con el exterior y que me hacen por eso mismo más vulnerable: el periódico, el buzón, la televisión, la radio y, últimamente, también, el teléfono, que de un tiempo a esta parte se ha convertido, además de en una pesadilla, en un caballo de Troya en versión actualizada:

—Buenos días. Le llamo del Banco X para ofrecerle a usted en exclusiva unos fondos de inversión que, además de producir suculentos intereses, le desgravan.

Y al rato:

—Buenos días. Le llamo de la Compañía de Seguros Pum para explicarle las ventajas de nuestro seguro de hogar combinado.

Y al rato:

—Buenos días. Le llamo del supermercado de la esquina para informarle de nuestras ofertas de la semana.

Y ya en el colmo de las desgracias:

—Buenos días. Le llamo de Telefónica para ofrecerle nuestra gama de teléfonos portátiles.

Durante mucho tiempo, he pensado que el mío era un caso de mala suerte o que alguien la había tomado conmigo por alguna extraña razón, máxime teniendo en cuenta que quienes me llamaban por teléfono o quienes atestaban cada día el buzón de mi casa de propaganda acertaban casi siempre con mis necesidades, entre otras cosas porque, a mi edad, sigo sin tener de nada. Ahora he sabido, sin embargo, que el mío no era, ni mucho menos, un caso aislado y que, mientras yo resistía el acoso atrincherado como un león tras los muros de mi casa, a mis vecinos les ocurría exactamente lo mismo sin que yo me diera cuenta. La desarticulación policial, por ejemplo, de una empresa de informática que almacenaba en sus ordenadores hasta 47 datos distintos correspondientes a más de 20 millones de españoles (muchos más que el propio Estado) para vendérselos luego a las empresas interesadas, me ha hecho tomar conciencia del enorme potencial del *enemigo* y de la absoluta inutilidad de intentar plantarle cara. Si saben todo de mí, si conocen mejor que yo mis necesidades, lo único que puedo hacer es relajarme, como en las violaciones, y esperar tranquilamente su llegada.

En cualquier caso, lo que no pienso hacer es apuntarme en esa lista que las propias empresas publicitarias, asustadas de su impunidad (a lo que se ve, el Gobierno sigue sin considerar sus intromisiones como lo que realmente son: allanamientos de morada) y, sobre todo, del posible efecto adverso que un excesivo acoso pudiera provocar entre los potenciales compradores, pretenden establecer para que nos apuntemos en ella todos los que *no* queramos recibir publicidad en casa. Se empieza así y acaba uno teniendo que apuntarse en la de los que tampoco quieren ser robados, y en la de quienes no desean ser agredidos, y en la de quienes no les gusta que les estafen, y, en fin, en la de los que simplemente queremos dormir cuando nos parezca sin que nos despierten cada poco para tratar de vendernos algo. Y, además, que estoy seguro de que para apuntarse en esa lista habrá que hacerlo por la mañana.

(1992)

Factores de corrección

Ciertamente, la alegría nunca dura mucho en la casa del pobre. La única cosa que funcionaba en mi pueblo, el equipo de baloncesto, va a sufrir un *factor de corrección* para que no se le suban los humos a la cabeza. Resulta que el Baloncesto León —que así se llama el equipo—, tras ascender hace dos años a la primera categoría y evitar a duras penas el anterior el descenso, a base de humildad y de algún que otro refuerzo, está haciendo en el presente una campaña imponente, hasta el punto de encontrarse encaramado, cuando yo escribo este artículo, en la primera posición de la tabla, empatado con el Juventud y por encima de equipos históricos y de mucho más presupuesto, como el Estudiantes, el Barcelona, el Real Madrid o el vallisoletano y, por tanto, odiado Fórum Filatélico. En León, no es para menos, la gente está como loca y cada partido llena el estadio con tambores y banderas autonómicas (las de la autonomía que nunca han tenido) gritando entusiasmada ante cada canasta de su equipo *¡aquí están / éstos son / los cojones / de León!*, sin importarle demasiado que quienes sobre el parquet llevan el peso de tan recios y sonoros atributos sean dos negros americanos y tres oriundos de Cataluña. Al fin y al cabo, de alguna forma hay que consolarse, máxime cuando, como les pasa a ellos, no ganaban una batalla desde los tiempos de Ordoño II.

Pero, ya digo, la alegría nunca ha durado mucho en la casa del pobre. Cuando más entusiasmada estaba la afición, soñando incluso ya, no sólo con jugar el año próximo los torneos europeos, sino con ganar la liga, alguien ha desempolvado el reglamento y, de la letra pequeña, ha sacado una apostilla que nadie hasta ese instante había leído (seguramente porque tampoco se había dado nunca antes el caso) y la ha dejado caer sobre sus cabezas como un jarro de agua fría. Resulta, al parecer, que, al disputarse la liga con los equipos divididos en dos grupos (para evitar, me imagino, que se les haga infinita), cada determinadas jornadas hay una en la que se cruzan los primeros clasificados de la liga anterior con los primeros y los últimos con los últimos, con el fin de evitar las descompensaciones que, como consecuencia del sorteo, pudieran producirse. Al Baloncesto León, que la liga anterior había quedado entre los últimos, el sistema le ha favorecido (lo que no quiere decir, ni mucho menos, que ésa haya sido la única causa de su éxito, puesto que también ha ganado a los grandes de su grupo), pese a lo cual le van a aplicar al final del campeonato, dicen que por compensar, un llamado *factor de corrección* que consiste, a grandes rasgos, en que, quede como quede, incluso líder, se le descontarán una serie de puntos y se le descenderá de puesto (como mínimo hasta el quinto), teniendo, además, que jugar las eliminatorias por el título con la desventaja de jugar fuera de casa los hipotéticos partidos de desempate cuando se enfrente a conjuntos que en la liga anterior se hubieran clasificado antes que él, aunque en ésta hayan quedado por debajo, incluso luego de *corregido*. Es decir, que se lo ponen crudo, como se dice ahora, al esforzado y pobre León.

Lo del equipo de baloncesto no es más, empero, y al margen de la broma deportiva, que una perfecta metáfora de lo que está pasando en León (una provincia a la que, en los últimos años, le vienen aplicando otros *factores de corrección* mucho más serios y duros), de la misma manera que León es solamente un ejemplo de lo que está pasando en España con otras muchas provincias. Uno creía, en su ingenuidad, que los *factores de corrección* se habían inventado para tratar de igualar a los pobres con los ricos, pero, de un tiempo a esta parte, me he dado cuenta de que están precisamente para todo lo contrario: para poner a aquéllos, cuando intenten medirse con los ricos, en su sitio.

En el plano económico, por ejemplo, los *factores de corrección* que a León le han aplicado últimamente van desde el cierre de sus minas hasta el desmantelamiento de sus industrias, pasando por el cierre de varias líneas férreas, la construcción de un par de pantanos y de un gran campo de tiro y el pago a los ganaderos para que dejen sus vacas y se vayan a otra parte a freír espárragos o se hagan guardias civiles. Todo lo cual, unido a lo que ya había, ha producido, entre otros efectos, un importante descenso de su población, la desertización de muchas comarcas, la desaparición de algunas y el empobrecimiento general de la provincia. Y todo ello en unos años en los que, con las autonomías, se pretendía precisamente la desaparición de los desequilibrios regionales y la equiparación dentro de un orden de todas las regiones y provincias.

Pero los *factores de corrección* no se han limitado sólo a la economía. En lo político, en lo social, incluso en lo demográfico y lo turístico (el último, que yo conozca, es el traslado a León de 1.500 familias gitanas de Barcelona y Sevilla, supongo que para compensar, mientras duran la Expo y los Juegos Olímpicos, la pérdida de población de la provincia), también han existido. Hasta en lo cultural, que ya es decir, hemos sufrido los leoneses diversas y continuas *correcciones* con el fin de ajustarnos las cuentas y volver a ponernos en nuestro sitio. ¿O qué es, sino un *factor de corrección*, la cariñosa etiqueta de *mafiosos* que se nos coloca sin distinción a todos los escritores de esa provincia y que, más que definirnos a nosotros, manifiesta la sospecha que otros tienen de que algo extraño ha de haber que explique la circunstancia de que, como el Baloncesto León en su terreno, nos hayamos salido de madre y tengamos el atrevimiento de pretender codearnos con los potentes equipos de Madrid o Cataluña?

El ejemplo de León, como antes el del baloncesto, no lo traigo aquí por patriotismo (la única patria del escritor, dijo alguien, es la literatura), sino como ilustración de lo que está sucediendo con muchas otras provincias. Porque, mientras unas nadan en la abundancia y se reparten a manos llenas las inversiones y las obras públicas, otras tienen que sufrir las *correcciones* necesarias para sufragar aquéllas, del mismo modo que hay familias en las que, para que unos hijos estudien, los otros trabajan y se sacrifican. Pero, de ahí a que, para vestir a unos, dejen al resto desnudos, que es lo que está pasando en España, media un abismo.

(1992)

CONVOCATÒRIA SETEMBRE

Juliol

Dl	Dt	Dc	Dj	Div	Ds	Dg
	1	2	3	4	5	**6**
7	8	9	10	11	12	**13**
14	15	16	17	18	19	**20**
21	22	23	24	25	26	**27**
28	29	30	31			

Agost

Dl	Dt	Dc	Dj	Div	Ds	Dg
				1	2	**3**
4	5	6	7	8	9	**10**
11	12	13	14	**15**	16	**17**
18	19	20	21	22	23	**24**
25	26	27	28	29	30	**31**

Setembre

Dl	Dt	Dc	Dj	Div	Ds	Dg
1	2	3	4	5	6	**7**
8	9	10	**11**	12	13	**14**
15	16	17	18	19	20	**21**
22	23	24	25	26	27	**28**
29	30					

EXÀMENS

ASSIGNATURA	DATA	HORA
....	.... / .... /	.... / ....
....	.... / .... /	.... / ....
....	.... / .... /	.... / ....
....	.... / .... /	.... / ....
....	.... / .... /	.... / ....
....	.... / .... /	.... / ....
....	.... / .... /	.... / ....
....	.... / .... /	.... / ....
....	.... / .... /	.... / ....
....	.... / .... /	.... / ....

"EL MILLOR REFORÇ PER
AL TEU CURS ESCOLAR"

TECNES, S.L.

estudis i repàs

CURS ESCOLAR 96/97

Setembre

Dl	Dm	Dc	Dj	Dv	Ds	Dg
						1
2	3	4	5	6	7	**8**
9	10	**11**	12	13	14	**15**
16	17	18	19	20	21	**22**
23	24	25	26	27	28	**29**
30						

Octubre

Dl	Dm	Dc	Dj	Dv	Ds	Dg
	1	2	3	4	5	**6**
7	8	9	10	11	**12**	**13**
14	15	16	17	18	19	**20**
21	22	23	24	25	26	**27**
28	29	30	31			

Novembre

Dl	Dm	Dc	Dj	Dv	Ds	Dg
				1	2	**3**
4	5	6	7	8	9	**10**
11	12	13	14	15	16	**17**
18	19	20	21	22	23	**24**
25	26	27	28	29	30	

Desembre

Dl	Dm	Dc	Dj	Dv	Ds	Dg
						1
2	3	4	5	**6**	7	**8**
9	10	11	12	13	14	**15**
16	17	18	19	20	21	**22**
23	24	**25**	**26**	27	28	**29**
30	31					

Gener

Dl	Dm	Dc	Dj	Dv	Ds	Dg
		1	2	3	4	**5**
6	7	8	9	10	11	**12**
13	14	15	16	17	18	**19**
20	21	22	23	24	25	**26**
27	28	29	30	31		

Febrer

Dl	Dm	Dc	Dj	Dv	Ds	Dg
					1	**2**
3	4	5	6	7	8	**9**
10	11	12	13	14	15	**16**
17	18	19	20	21	22	**23**
24	25	26	27	28		

Març

Dl	Dm	Dc	Dj	Dv	Ds	Dg
					1	**2**
3	4	5	6	7	8	**9**
10	11	12	13	14	15	**16**
17	18	19	20	21	22	**23**
24	25	26	27	**28**	29	**30**
31						

Abril

Dl	Dm	Dc	Dj	Dv	Ds	Dg
	1	2	3	4	5	**6**
7	8	9	10	11	12	**13**
14	15	16	17	18	19	**20**
21	22	23	24	25	26	**27**
28	29	30				

Maig

Dl	Dm	Dc	Dj	Dv	Ds	Dg
			1	2	3	**4**
5	6	7	8	9	10	**11**
12	13	14	15	16	17	**18**
19	20	21	22	23	24	**25**
26	27	28	29	30	31	

Juny

Dl	Dm	Dc	Dj	Dv	Ds	Dg
						1
2	3	4	5	6	7	**8**
9	10	11	12	13	14	**15**
16	17	18	19	20	21	**22**
23	24	25	26	27	28	**29**
30						

Passeig de Ronda, 164,
principal 1era
Tel. 973 - 22 27 75
25006 LLEIDA

El fin del infinito

El escritor Antonio Pereira, el mejor narrador oral y autor de relatos breves posiblemente de este país, descubrió un buen día el infinito en la etiqueta de un bote de leche condensada en la que un niño rubio sostenía entre las manos otro bote de leche condensada en cuya etiqueta el mismo niño sostenía entre las manos otro bote de leche condensada en cuya etiqueta el mismo niño sostenía entre las manos otro bote de leche condensada en cuya etiqueta el mismo niño sostenía entre las manos otro bote de leche condensada, etcétera. En efecto, por más que uno se provea de una lupa o de un microscopio de largo alcance, eso es el infinito: lo que nunca se acaba.

Los nacionalistas de todo el mundo, que no han leído a Pereira ni han visto nunca, al parecer, la etiqueta de un bote de leche condensada, andan ahora descubriendo el infinito a base de dividir la gran bola del mundo en mil pedazos. Tras una larga época de inmovilismo forzado por las circunstancias, la caída del bloque del Este y el desmoronamiento de Estados, como Yugoslavia, creados artificialmente, han hecho que, de nuevo, la fiebre nacionalista vuelva a recorrer Europa y amenace con borrar las fronteras existentes como si fueran simples rayas en el mapa. Unas fronteras creadas a fuerza de muchas guerras y a base de mucha sangre —ensangrentadas, por tanto—, pero que son las que han permitido que, en los últimos años al menos, el viejo continente haya vivido por primera vez en paz, aunque fuera una paz falsa, y sin más sobresaltos de los necesarios.

La caída del bloque del Este dejó al descubierto, entre otras muchas cosas ya sabidas, la nula cohesión existente entre el inmenso mosaico de pueblos que se aglutinaban bajo el nombre de Unión Soviética durante los largos años de la guerra fría. De la noche a la mañana, los ciudadanos de todo el mundo empezamos a oír hablar de los uzbekos, los armenios, los moldavos, los ucranios, los kirguisos, los kazajos, los letones, los estonios, los lituanos, los azerbayanos o los bielorrusos, pueblos todos diferentes de los rusos —que eran los únicos que hasta entonces conocíamos—, que reclamaban su independencia basándose en su distinta condición, religión, lengua o cultura. Tras largas negociaciones, que estuvieron muchas veces salpicadas de conflictos y que acabaron costándole la cabeza al mismísimo Gorbachov, el padre de la criatura, la situación finalmente se recondujo y la vieja Unión Soviética se transformó en la nueva Comunidad de Estados Independientes que aglutina, bien es verdad que sin mucho entusiasmo, a todas esas repúblicas. Entre otras cosas, porque dentro de ellas mismas ya han empezado a surgir nuevas etnias y regiones de nombres impronunciables y localización geográfica casi imposible, como el Transdniéster o el Tartajstán, que, con las mismas razones, reclaman la independencia y amenazan con convertir el mapa de la antigua Unión Soviética en un rompecabezas para niños.

Paralelamente, y de manera menos pacífica, Yugoslavia empezó a desintegrarse y empezamos a oír hablar también de los croatas, los serbios, los eslovenos, los serbo-húngaros, la minoría albanesa y los bosnio-herzegovinos, pueblos todos diferentes según ellos y que reclaman a tiros su independencia poniendo en serio peligro incluso la estabilidad de los países vecinos. Falta saber si, cuando ellos acaben, no surgirán otros pueblos (como los eslovacos, por ejemplo, o los montenegrinos) que se levanten a su vez dentro de sus fronteras y reclamen también lo mismo.

Por un proceso de mimetismo o por oportunidad política, otros pueblos europeos insertos dentro de Estados conformados firmemente y desde antiguo, quisieron subirse al carro pensando seguramente que a río revuelto ganancia de pescadores y que a quien

Dios se la dé San Pedro se la bendiga, aunque enseguida desistieron de su empeño ante la imposibilidad real de alcanzar sus objetivos. Fue el caso, por ejemplo, en España, de los vascos y los catalanes, de los frisones en Holanda, de los corsos en Francia, de los norirlandeses y los escoceses en Gran Bretaña y, aun en la propia Italia, de los vénetos y los lombardos, que quieren segregar el sur del norte con la excusa de librarse de la Mafia, pero con la verdadera intención de no tener que repartir con aquél su mayor nivel de vida. Un *efecto dominó* que ha ido seguido, por reflejo o reacción casi instintivos, de una reafirmación nacional por parte de las naciones ya establecidas y que se ha traducido, por el momento, en un cierre de fronteras y de filas y en el resurgir dentro de ellas de los movimientos ultranacionalistas.

El problema es complejo, ciertamente, pero la solución, en el fondo, es muy sencilla. Consiste en decidir si se dejan las cosas como están (cuestión ésta que tampoco parece muy viable a largo plazo a la vista de por dónde van los tiros: la desaparición progresiva de las fronteras y la conversión de Europa en un espacio único) o, en el supuesto contrario, si se defiende el actual sistema de naciones, pero con el derecho de todos los pueblos a constituir la suya, dónde se pone el límite. Porque, efectivamente, el mismo derecho que España a ser una nación lo tiene Cataluña, pongo por caso, que si, como los portugueses en Aljubarrota, hubiera hecho triunfar su levantamiento de 1640 contra Castilla, ahora lo sería efectivamente y nadie, ni siquiera los más recalcitrantes españoles, se lo discutirían. Pero, una vez admitido eso, y supuesta la independencia de Cataluña, ¿con qué derecho se la podría negar ella a Gerona, y Gerona por su parte al Ampurdán, y el Ampurdán al Bajo Ampurdán y así sucesivamente? La hipótesis puede parecer exagerada, pero es perfectamente lógica —y, desde la perspectiva de la igualdad de derechos, indiscutible— y es, más o menos, por otra parte, lo que les está ocurriendo ahora a los rusos, que, a poco que se descuiden, entre tártaros y subtártaros, entre transdniésteros y cisdniésteros y entre subrusos y semirrusos, van a acabar, como sigan así, como Pereira con el bote de la leche condensada, descubriendo el infinito.

A lo mejor tienen razón. A lo mejor, por ese camino, van a acabar llegando al mismo punto al que, por el camino opuesto, pretenden llegar también los partidarios de la Europa única. A descubrir lo que en el fondo todos sabemos, por más que nos cueste reconocerlo y por mucho que nos digan los políticos: que la única nación, la real, la verdadera, es uno mismo.

(1992)

Vista (parcial) de Cangas de Narcea

Desde que estoy en esto de la literatura (y ya van algunos años), me han perdonado la vida tantas veces —incluso algunos de los que ahora me aplauden— que a veces dudo de si aún estaré vivo. Me han llamado de todo: localista, rural, provinciano, ecologista, mesetario y hasta lírico, todo por escribir de lo que mejor conozco, que es lo que siempre han hecho los novelistas, y todo, por supuesto, en su acepción más peyorativa.

Durante mucho tiempo, ingenuamente, traté de responder a esas acusaciones explicándole a todo el mundo mi concepción de la literatura: que el escritor no elige los temas, sino que los temas le eligen a él (en función, entre otras cosas, de su vida); que, en novela, lo de menos es el qué (el argumento) y lo de más el cómo (el estilo); que ni el hábito hace al monje ni la apariencia al que escribe (ya saben: aunque el escritor se vista de seda, etcétera); que, aunque algunos de mis libros (no todos) se desarrollen en escenarios rurales (cosa también discutible), mi concepción del mundo es urbana aunque sea solamente por haber vivido en ciudades las dos terceras partes de mi vida (aparte de que no entiendo por qué ha de despreciarse lo rural, y menos en un país como España en el que la mitad de su población sigue viviendo en ese mundo); que el valor universal de una novela se lo da su calidad y no el lugar en que ocurre; que provinciano es el de provincias, y yo lo soy, en efecto, pero no entiendo qué tiene que ver el lugar de nacimiento o residencia con la calidad de un libro; que no se es ecologista por sacar árboles en los libros, y ponerle su nombre a cada uno (lo primero, en todo caso, será exigencia del texto, y lo segundo vocabulario, pero nunca ecología); que la meseta la conocí en Madrid (mi tierra, como mis libros, está llena de montañas) y que lo de lírico, en fin, más que ofenderme, me enorgullece, entre otras cosas porque la poesía es la quintaesencia de la literatura.

Pronto me di cuenta, no obstante, de que mis esfuerzos no servían para nada (entre otras cosas porque mis críticos ni siquiera me escuchaban) y decidí encogerme de hombros o, como mucho, poner ejemplos de escritores libres de toda sospecha y universalmente reconocidos —incluso por aquéllos— que tenían mis mismos *defectos*, aunque a éstos no les pasaran factura. Así, si me llamaban rural, citaba a William Faulkner; si localista, a Cervantes (¿qué novela hay más localista que *El Quijote*, que sucede en un lugar como La Mancha?); si provinciano, a Rulfo; si ecologista, a Benet y, si lírico, a Ferlosio, a Carpentier o a Lezama Lima.

Pero tampoco eso me dio resultado. En un país como éste, repentinamente atacado, como los pobres de Könbach, del virus de la posmodernidad, y en un tiempo como éste, en el que lo que manda es el esnobismo, es muy difícil abrir paso a lo evidente, sobre todo cuando lo evidente choca con el gusto oficialmente establecido. Mientras haya que explicar que el *Ulises*, por ejemplo, es una novela universal por su calidad, no porque se desarrolle en Dublín (y que, si se situara en Zamora, seguiría siéndolo lo mismo); mientras haya que luchar contracorriente para poder recrear la propia memoria en lugar de inventarse una más fina, y mientras haya que pedir perdón por escribir lo que uno quiere, y no lo que desean algunos, el escritor realmente está perdido. Por eso yo hace ya tiempo que he decidido dejar las explicaciones a un lado y pasar directamente a la ofensiva: antes de que me digan nada, le doy ya la razón a todo el mundo.

Hubo un tiempo, sin embargo, en el que lo provinciano era, precisamente, la admiración de lo ajeno y el desprecio de lo propio y no, como pasa ahora, el respeto y la pasión por ambos mundos. Ahora, para no ser provinciano, para no ser localista y llevar boina, hay que hacer exactamente lo contrario: situar las novelas en Chicago o Nueva York (aunque uno no conozca esas ciudades), pero jamás en su pueblo, aunque, a través de él, esté dando una visión de todo el mundo. Del mismo modo que, para ser considerado universal, lo de menos es escribir bien, ni tener una visión propia del mundo, que es lo que siempre se les ha pedido a los novelistas, sino que sus historias sean *exóticas* y sus personajes viajen mucho, a ser posible por países y ciudades en los que ni el lector ni el autor hayan estado nunca. Es lo que está de moda en España y el resultado salta a la vista: una literatura (y un cine, y una pintura, y una música, y hasta una arquitectura si me apuran) que, salvo casos aislados, parece descongelada en el microondas o sacada de catálogos turísticos. Y eso se nota mucho. Uno lee una novela ambientada en Nueva York y está viendo a sus amigos de Madrid; escucha una canción sobre la Costa Este (el ejemplo no es casual) y le recuerda enormemente su barrio; mira un cuadro que retrata el amor en Central Park y está viendo a una pareja en el Retiro. Para eso es más sencillo, aunque sea menos moderno, describir lo que uno tiene más cerca, o lo que mejor conoce, que, al fin y al cabo, es igual en todo el mundo.

Pero nadie quiere entenderlo. El único, quizá, que yo conozco, aparte de los extranjeros, que traducen e importan lo que quieren sin dejarse seducir por esnobismos, es el dueño del *Kwai*, un bar del viejo Madrid, que, como es asturiano y ya sólo por eso es ciudadano del mundo, ha colgado detrás de la barra un enorme cartel de Nueva York bajo el que él mismo ha escrito a mano: «Vista (parcial) de Cangas de Narcea».

(1992)

Días de perros

Este verano habrán sido abandonados en España, a tenor de las últimas estadísticas, alrededor de 50.000 perros. De ellos, cerca de la mitad habrán muerto intentando volver a sus hogares y el resto acabará, tras vagabundear durante un tiempo por las ciudades o por el campo, en manos de cualquier desaprensivo o, en el mejor de los casos, en los hornos crematorios de los mataderos municipales. Los del verano son, pues, *días de perros* para muchos de esos pobres animales.

Su tragedia, sin embargo, comienza normalmente mucho antes. El niño de la casa ve un buen día un anuncio en la televisión en el que un perro hace malabarismos anunciando una bebida o la programación televisiva de la semana y enseguida pide uno de verdad para entretenerse él enseñándolo. El perrito, claro está, no aprende nada —ni falta que le hace—, pero lo que sí hace es crecer, y engordar, y ladrar, y hacerse grande, y así, cuando llega el verano, se ha convertido ya en un estorbo, como la suegra o el abuelo, para ir con él por ahí de viaje. Es entonces cuando el padre de familia, que nunca fue partidario del todo de tener el perro en casa, lo mete en el maletero del coche y lo deja abandonado en cualquier parte. Antes de que él llegue a casa, lo normal es que el perro ya haya sido atropellado.

El abandono de perros que de manera masiva se produce cada año en toda España no es sino un síntoma más, ni siquiera el más grave, del trato que los españoles seguimos dando a los animales, pero, también, y en igual medida, del egoísmo que dirige últimamente la mayoría de nuestros actos. *No lo abandones, él no lo haría* decía ingenuamente la campaña que, con la foto de un perro abandonado en mitad de una autopista, las autoridades españolas emprendieron este año con el fin de apelar a la conciencia de la gente para que no abandonara a los suyos cuando llegara el verano, ignorando que muchos de ellos acababan de abandonar al propio padre en la sala de urgencias del hospital más próximo, sin que realmente estuviera enfermo, o en la gasolinera de al lado de su casa. Este país, está claro, nunca pasará de demócrata-cristiano.

Hace ya doce años que convivo con un perro (con una perra, para ser exactos) y puedo asegurarles que poca gente me ha dado en la vida tantas satisfacciones sin pedirme nada a cambio. Como todos los de su especie, mi perra es fiel, leal, inteligente, cariñosa (a veces demasiado), amiga de mis amigos y celosa de la casa y, por si fuera poco, reúne, además, otras dos virtudes que cada vez escasean más entre los humanos: es discreta y te deja trabajar y, al contrario que las mujeres que yo conozco (supongo que con los hombres ocurrirá otro tanto), cuanto más tarde vuelves a casa más alegre y más contenta te recibe. Yo la quiero y la trato con cariño y, aunque evidentemente no llego al punto de esas señoras inglesas que les dejan en herencia a sus caniches todas sus cuentas bancarias o les ponen mientras viven peluqueros y criados, entiendo que haya gente que ame a sus perros más que a sus propios hermanos. Al fin y al cabo, al perro lo eliges tú, y lo educas a tu gusto, y los hermanos te vienen dados.

Sé que a muchos los que tenemos perros y los cuidamos en lugar de tratarlos como a tales, esto es, con distancia y a patadas, nuestra relación con ellos les parece enfermiza e incluso atentatoria contra la dignidad humana. Con la cantidad de niños huérfanos que hay en el mundo, suelen decir, es un pecado que haya gente que se dedique a cuidar animales. O bien: con el hambre que hay en Somalia y tú dándole a tu perro carne. Cuando oigo cosas de éstas, me acuerdo de un vecino que, cada vez que se ponía a comer y el perro se sentaba frente a él para ver si caía algo, le negaba hasta las sobras con la disculpa de que había gente en el mundo muriéndose de hambre. Al final, el que se murió de hambre fue el perro sin que, que se conozca, con su abstinencia forzosa salvara la vida a nadie. Porque una cosa está clara: ni los perros tienen la culpa de que haya niños abandonados (al revés: suelen ser ellos los únicos a veces en acompañarlos), ni, aunque los matáramos a todos, dejarían por ello en Somalia de seguir pasando hambre. Por lo que yo conozco, quien desprecia a los perros suele despreciar también a los humanos.

Dicen los antropólogos que uno de los sistemas para medir el grado de desarrollo de un pueblo es el trato que éste da a los animales. Si eso es verdad, los españoles no salimos bien parados. Al margen de las corridas, cuya existencia no se puede ni siquiera criticar porque, según se dice, forman parte de nuestra cultura (como a mí no me gustan, debo de ser italiano), son infinitas las fiestas en las que los españoles manifestamos nuestro particular cariño hacia los animales: despeñamientos de cabras, alanceamientos de toros, apedreamientos de gatos y hasta decapitaciones de gansos arrancándoles el pescuezo de cuajo. Eso sin contar las bromas que, por los pueblos de España, les suelen gastar la gente a los pobres y sufridos animales. De todos ellos, son sin duda los perros los que, por su bondad e inveterada mansedumbre, suelen llevarse la peor parte. De ahí lo de morir como un perro o lo de perra vida, expresiones que se refieren tanto a una muerte terrible como a llevar una vida peor de lo deseable. Sólo si el perro es *humano*, esto es, si hace cosas que a los hombres nos parezcan admirables, como volver andando de una ciudad a otra, mejor cuanto más lejanas, o salvarle la vida a una persona perdida, merecerán la consideración y el respeto generales. Lo que equivale a ignorar que lo que verdaderamente un perro puede ofrecernos es ese instinto primario, leal y desinteresado que hace que efectivamente, al contrario que nosotros, él nunca nos fallaría y jamás nos dejaría abandonados.

(1992)

La diagonal del loco

No deja de ser simbólico el hecho de que Bobby Fischer, el legendario jugador de ajedrez norteamericano que abandonó la práctica activa de este deporte cuando acababa de proclamarse campeón del mundo a los 29 años, haya elegido para su reaparición, 19 años más tarde, al mismo rival de entonces, el ex soviético Boris Spassky, y, como escenarios de su enfrentamiento, dos lugares de la antigua Yugoslavia: la isla montenegrina de Sveti Stefan y la capital serbia, Belgrado. Desde que se inventó el ajedrez (hace ya más de mil años, según quiere la leyenda, en algún lugar de la India o del mundo árabe), este juego ha reflejado, como si fuera un espejo, todas las grandes pasiones de la condición humana. Por eso, y por su propia esencia simbólica (el ajedrez no es otra cosa, al fin y al cabo, que la representación de la guerra, reducida a maqueta y a juego para diversión de reyes), fue la mejor metáfora de la tensión de la guerra fría, que se libró más ante los tableros que en los despachos de los cuarteles y de las oficinas diplomáticas, y por eso es ahora el reflejo más fiel de cuanto ocurre a su lado: el deshielo del gran iceberg del Este y de las relaciones internacionales (Spassky, por ejemplo, como la propia URSS, ya no es soviético, y Fischer, antaño feroz anticomunista y defensor del honor norteamericano, ya no ha tenido problemas para estrechar su mano; al contrario, ahora con quien es feroz es con su propio país, que ha llegado a amenazarle, por romper con su actitud el bloqueo a Serbia, con la cárcel) y la irrupción, en lugar de aquélla, de un sinfín de conflictos regionales. Los más sangrientos de todos en el propio territorio de la antigua Yugoslavia.

La revancha entre Fischer y Spassky, tantos años aplazada, tiene, pues, un sentido simbólico que trasciende al ajedrez y a los propios límites de un juego que algunos pretenden ciencia y otros entroncan con mundos y saberes tan distintos como el tarot, la estrategia, la geometría o las matemáticas. La imagen de Bobby Fischer, el antaño niño prodigio ahora ya de 50 años, con su gorra de telegrafista y su aspecto extravagante, es la de un resucitado que regresara de un sueño del que hace mucho tiempo ya que los demás despertaron. Y la de Spassky, viejo y encanecido, pero prestándose a hacerle de *sparring* (él, que fue el campeón del mundo, y héroe de la Unión Soviética, hasta que el propio Fischer lo destronó, condenándole al exilio y a la marginación en su patria), la de un boxeador sonado que arrastrara su prestigio por las canchas de ciudades de provincias sin otra pretensión que la de poder seguir boxeando. Al final, los dos componen un cuadro que, al margen del ajedrez, parece más sacado de los túneles del tiempo que de la historia que el mundo está haciendo en este instante. Decía Kárpov, el sucesor de Fischer tras su retiro, que las guerras deberían librarlas ante un tablero los mejores ajedrecistas de cada país para evitar derramamientos de sangre. Fischer y Spassky lo son, o lo fueron, sin duda, y así se lo reconocerá la historia, pero su problema es que ya no representan a nadie.

Y, sin embargo, hay algo en el duelo entre Fischer y Spassky que lo hace sugerente y atractivo incluso para la gente que desconoce el juego del ajedrez y desconoce, por tanto, su capacidad estética y su intensidad dramática; estética que deriva de su dimensión artística y dramatismo que nace de la lucha contra el tiempo y contra las propias limitaciones más que contra las del contrario. Aparte de sus estilos, tan diferentes (el de Spassky sobrio y clásico, claro exponente de la planificación soviética que tantos frutos dio en el pasado, y el de Fischer, al contrario, imprevisible y brillante, como corresponde a alguien que deslumbró al mundo entero con sólo 14 años), y de sus respectivas trayectorias a partir de aquel encuentro de Reykjavik que supuso el fin para ambos, con Spassky en el exilio tras su recibimiento en Moscú como un traidor a la patria (por vez primera, la Unión Soviética perdía la primacía del ajedrez, el símbolo de su poder, y por si fuera poco ante un norteamericano) y con Fischer convertido en un fantasma tras su voluntario abandono del ajedrez y su enclaustramiento en un apartamento de Pasadena, donde, durante todo este tiempo, ha vivido huyendo de la prensa y obsesionado por su pasado (y, en los últimos años, también, prácticamente en la pobreza, pese a las numerosas ofertas que recibía para volver a jugar al ajedrez, todas multimillonarias), está el lugar elegido para celebrar el *match* —un país desmembrado y en guerra y aislado internacionalmente— y los distintos motivos que les han llevado a ambos a enfrentarse de nuevo al cabo de tantos años.

En el caso de Spassky, éstos parecen claros: consciente de su papel, ni siquiera aspira ya a la revancha. Ha asumido su papel de segundón y lo único que busca, seguramente, y aparte del dinero, es volver a sentarse de nuevo frente al hombre que le condenó al fracaso: la admiración se demuestra de muchas formas y con el odio pasa otro tanto. Pero ¿por qué vuelve Fischer? ¿Por qué regresa el hombre que, siendo el mejor del mundo, había rechazado sin responder, incluso en épocas difíciles para él, todas cuantas ofertas le habían hecho durante 19 años? En la rueda de prensa previa al comienzo del *match* (rueda de prensa en la que, por cierto, escupió sobre el documento que las autoridades de su país le enviaron advirtiéndole de duras sanciones si rompía el bloqueo a Serbia jugando en su territorio y sirviéndole de propaganda), dijo que por amor. Al parecer, el genio de Pasadena, el hombre más solitario de todos los solitarios que ha dado el mundo del ajedrez (oficio de solitarios por excelencia, junto con la novela), se ha enamorado de una ajedrecista húngara de sólo 19 años —los mismos que él llevaba retirado— y quiere que ella y sus hijos, cuando vengan, si es que vienen, tengan todo lo que él, por su obsesión o locura, a sí mismo se ha negado. La razón, aunque romántica, no parece suficiente, sin embargo, para justificar un cambio tan radical como el que Fischer ha dado. Cabe pensar mejor, aunque sea solamente una sospecha, que lo que Fischer quería era dejar de ser un fantasma. Porque ser una leyenda es bello, pero llevarla a cuestas en vida no debe de serlo tanto.

Hay una película de Richard Dembro, originalmente llamada *Movimientos peligrosos*, cuyo título ha sido cambiado en su versión española por el de *La diagonal del loco* en alusión a la perspectiva más extraña del espacio y a la única pieza del ajedrez que se mueve por ella y que, curiosamente, también, es la única que cambia de nombre según el idioma en el que se hable: *bishop* (obispo) en inglés, *läufer* (corredor) en alemán, *fou* (loco) en francés y alfil en castellano. Puede ser el mejor título para la vida de Fischer y para la de todos esos locos solitarios que se pasan la vida frente a un tablero trazando líneas imaginarias. Lo que conviene saber es que son la metáfora de todos nosotros, de la misma manera que el ajedrez lo es de la guerra, esa partida infinita y sangrienta que, al decir de los antiguos, es nuestro verdadero padre.

(1992)

Casablanca

Medio siglo después de su rodaje y después de haberla visto tantas veces (la última precisamente días antes de ese viaje), las imágenes de *Casablanca* se agolpaban en mis ojos mientras el avión que me llevaba de Madrid aterrizaba en el mismo aeropuerto desde el que una noche lluviosa de 1942 Ilsa Lund y Victor Lazslo despegaban rumbo a Lisboa ante la desesperación de Rick y la mirada impotente del capitán de la policía francesa encargado del orden en el Protectorado. Al contrario que aquéllos, yo llegaba a Marruecos no huyendo de una guerra ni buscando la verdad, sino precisamente, y a despecho de cualquier romanticismo, invitado por las autoridades españolas en Rabat para hablar de la mentira, ese oficio tan hermoso como antiguo (junto con el de la prostitución, el más antiguo del mundo) al que, como muchas otras personas, he dedicado mi vida. ¿O qué es, sino contar mentiras, narrar historias imaginarias y sucesos y anécdotas ficticios protagonizados por personajes que jamás han existido?

Al día siguiente, en la Universidad de Rabat, y ante un auditorio de profesores y estudiantes de literatura, yo decía: «Si con una palabra se pudiera contar el mundo, sobrarían todas las historias. Pero no es así. El hombre sabe que la palabra es limitada y entonces cuenta y cuenta para acabar diciendo simplemente lo que le gustaría decir con sólo una palabra. Cuenta mentiras, inventa historias y personajes, crea tramas y argumentos que le ayuden a expresar sus sentimientos, pero, cuando se da cuenta, se encuentra él mismo atrapado por la fascinación y el vértigo de lo que está contando. Y es entonces cuando surge la novela como una nueva forma de interpretarlo, como un mundo de mentira elevado poco a poco a la categoría de metáfora». Y añadía, citando a Joan Barril en un reciente artículo publicado en estas mismas páginas: «La verdad nunca es tan cierta como la mentira, pero la mentira sólo es buena cuando consigue ejemplificar la verdad. Es lo que pasa, por ejemplo, en el teatro, cuando una trama falsa provoca en el espectador emociones verdaderas, o en el cine, cuando en la cámara oscura la imagen real da lugar a una imagen invertida pero más grande, una imagen que es mentira pero que sirve a la verdad».

El texto que esa tarde yo leía en la Universidad de Rabat lo había escrito meses antes, y lo había leído ya más veces, pero nunca como en aquella ocasión a mí mismo me parecía tan claro. En algún lugar de él, y como apoyo a lo dicho, había puesto como ejemplo *Casablanca*, y la impresión que la ciudad que daba nombre a la película me había producido el día anterior, lejos de desmentirlo, lo subrayaba. Seguramente, porque, con ella, se me confirmaba algo que desde hacía ya algún tiempo venía sospechando: que *Casablanca* es la película más falsa de la historia del cine y, por eso, justamente, la más grande.

En efecto. Mal que les pese a algunos cinéfilos, que preferirían creer que en el cine, al contrario que en la vida, todo está previsto de antemano, *Casablanca* es doblemente falsa, por película y por el modo en que fue rodada. Lo fue ya desde su inicio, cuando Jack Warner compró (por 20.000 dólares de la época, cifra nada desdeñable) los derechos de la pieza teatral en que se basa, una obra titulada *Everybody comes to Rick's* escrita por dos autores desconocidos y que había sido rechazada por diversas productoras (nada extraño teniendo en cuenta que, después del gran éxito de la película, alguien hizo el experimento de volver a presentar una sinopsis del guión y varias productoras volvieron a rechazarla), y siguió siéndolo luego a lo largo de su rodaje.

Según cuenta Otto Friedrich en *La ciudad de las redes*, ese maravilloso retrato del Hollywood de los cuarenta, Warner había comprado los derechos de la obra no pensando en hacer algo original, sino la continuación del *Argel* cuyo exotismo africano tan buenos rendimientos le había dado. Incluso pensaba en los mismos actores, Hedy Lamarr y George Raft, como protagonistas, pero fue justo ahí donde el azar, esa mentira infinita, empezó a funcionar como una máquina. Raft volvió a mostrar la misma inteligencia que ya había demostrado ante el guión de *El halcón maltés* y rechazó el papel de Rick el Americano. Fue así como cayó en manos de Bogart, quien, todo hay que decirlo, lo aceptó de mala gana, furioso como estaba de que, como en el caso anterior, volvieran a ofrecerle otro papel rechazado por aquél. Con el papel de Ilsa también hubo problemas antes de que Ingrid Bergman se decidiese a aceptarlo y lo mismo ocurrió con el de Lazslo (para el que en un principio se pensó en Ronald Reagan, quien por fortuna estaba rodando), con el del negro Sam (la productora quería que fuese una mujer la que cantase), con el del jefe de policía y hasta con el del comandante Strasser: Conrad Veidt, que se había vuelto imprescindible en toda película de ambiente cosmopolita que se preciase, exigió por su trabajo 5.000 dólares, casi el doble de lo que la propia Bergman cobraba por el suyo a la semana.

Con el guión sucedió otro tanto. En un principio se les encargó a los hermanos Epstein, pero, a mitad de él, fueron llamados a Nueva York para trabajar en una película de Capra y lo dejaron. Para sustituirlos, la Warner llamó a Howard Koch, un hombre de la casa, pero, por el camino, volvieron los Epstein, Casey Robinson fue requerido para que intensificase el papel de Lazslo, Albert Maltz anduvo por allí también rondando y hasta el propio productor ejecutivo, Hal B. Wallis, metió mano. Al final, y pese a recibir el Oscar al mejor guión, nadie sabe quién lo escribió realmente, puesto que *Casablanca* llegó a tener hasta cuatro guionistas oficiales.

De ese modo, y como ya es conocido, la película se rodó sin que los actores ni el director, Michael Curtiz, supieran muchas veces por la noche lo que habrían de rodar al día siguiente. Como confesaría más tarde el propio Bogart, llegó a sentirse tan fuera de su papel que en más de una ocasión pensó en dejarlo. Algo parecido a lo que le pasó a la Bergman, que, como ignoraba el final de la historia (en realidad, llegaron a rodarse dos finales: uno en el que se quedaba con Rick y otro, que fue el que por fin se impuso, en el que se marchaba con Lazslo), no sabía bien de quién tenía que mostrarse enamorada. Por si faltara algo, Mayo Methot, la celosa esposa de Bogart, empezó a sospechar que éste se había enamorado de la Bergman y comenzó a llamar cada poco al estudio haciendo el ambiente de trabajo insoportable. Pese a todo, la película salió adelante y el 8 de noviembre, cuando la marina anglonorteamericana desembarcó en las costas de Casablanca, aquélla estaba ya dispuesta para su estreno, eso sí, después de haber salvado todavía otros dos últimos obstáculos: el intento de un empleado del departamento de publicidad de la Warner de cambiar el título porque, según decía, *Casablanca* le parecía una marca de cerveza, y el del autor de la música, Max Steiner, al que no le gustaba nada la canción *El tiempo pasará* (que, por cierto, no es suya, sino una imposición de Burnett, uno de los dos autores de la pieza teatral en que se basa) y que pretendió hacer otra canción y rodar nuevas escenas para incluirla. Pero, por suerte, Ingrid Bergman se había cortado el pelo para rodar *Por quién doblan las campanas* y el intento de Steiner llegó tarde.

Lo demás ya es cosa sabida. *Casablanca*, ese cúmulo infinito de mentiras, improvisaciones y casualidades, se estrenó con gran éxito de público coincidiendo con la celebración de la Conferencia Internacional de Casablanca —que reunió en la ciudad marroquí a Roosevelt y Churchill y que le sirvió de propaganda inesperada—, ganó el Oscar a la mejor película y se convirtió en la más taquillera del año. Hoy, medio siglo después, es, además, para muchas personas, entre las que me cuento, la película más bella de la historia del cine o, cuando menos, la más carismática. Lo que no impide que reconozcamos que es también la más mentirosa o, por decirlo en lenguaje del género, la más *cinematográfica*.

Porque las mentiras de *Casablanca* no acaban con su rodaje. Las mentiras de *Casablanca*, como las de Don Quijote o Hamlet, se prolongan en el tiempo (¿quién aceptaría ahora, por ejemplo, que el actor que da vida al pianista no sabía tocar el piano o que la frase «Tócala otra vez, Sam», que presuntamente le dice Ingrid Bergman y que es la más famosa de toda la película, no se dice de esa forma ni una vez en toda ella?) y cristalizan en la leyenda que rodea a sus imágenes. Yo lo descubrí la tarde en que llegué a Casablanca. Ciertamente, no pensaba encontrar el aeropuerto que había visto en la película (que era sólo un decorado) ni la ciudad que, a través de ella, había ido poco a poco idealizando. Pero tampoco esperaba hallar un lugar tan feo y tan despersonalizado. Porque Casablanca, la vieja ciudad costera, sinónimo de cosmopolitismo y aventura, la de los barcos y los burdeles, de los cambios de sexo, la mayor aglomeración urbana del continente africano después de El Cairo con sus cinco millones de habitantes, sólo tiene de cinematográfico el brillo de sus palmeras y el perfil de sus mezquitas cuando canta el muecín a la caída de la tarde. Ni siquiera su medina, pequeña y nada atrayente, y sus cafés más antiguos recuerdan ya la ciudad que nos contó *Casablanca*. Una ciudad en la que, por cierto, nunca estuvo el equipo de rodaje y una película que, mal que nos pese a muchos, sólo podemos ver ya en los cines o en el vestíbulo del hotel que, en el más puro estilo *kitsch*, ha pretendido reconstruir, una atracción de turistas, el bar de Rick el Americano.

Pero no importa. Como decía la canción de Sam, el tiempo pasará, pero Casablanca seguirá viva porque nunca existió realmente, como tampoco existieron Rick, Ilsa y Victor Lazslo. Por eso vivirán siempre. Porque son hijos de la mentira, como Don Quijote o Hamlet. Y la mentira, mal que les pese a muchos, es lo único que queda cuando las verdades pasan.

(1993)

Las campanas de Foncebadón

Cuentan las crónicas de los peregrinos que la etapa más dura del Camino de Santiago —y la más peligrosa— era la que discurría por las peladas tierras de la Maragatería leonesa entre las ciudades de Astorga y Ponferrada. Allí, por las agrestes cuestas de Foncebadón, el puerto que separa la Maragatería del Bierzo y desde el que se domina uno de los paisajes más espectaculares del Camino (atrás, la meseta adusta, parda hacia el infinito; a la izquierda, el Teleno, el legendario altar romano del dios Tilenus y la cumbre más alta, con sus 2.180 metros, de la provincia; a la derecha, el puerto del Manzanal, por donde discurre ahora la carretera de Madrid-Coruña; y a la vista, el valle del Bierzo y el imponente y amplio circo montañoso que lo circunda y separa la meseta de Galicia), cientos de peregrinos perdieron la vida atacados por los lobos o extraviados en mitad de una ventisca. No en vano a un monte cercano le llaman todavía el Morredero, que viene a querer decir «moridero» en gallego antiguo.

Pese a ello, el puerto de Foncebadón fue durante muchos siglos el paso obligado y único entre la Maragatería y el Bierzo tanto para los peregrinos como para los arrieros maragatos que transportaban en mulas el pescado de los puertos de Galicia hacia las ciudades del interior y que, al llegar al alto del puerto, se detenían junto a la ermita que allí se alza, éstos para contemplar su amada Maragatería y aquéllos para dejar, siguiendo la tradición, una piedra traída desde sus lugares de origen al pie de la Cruz de Ferro, el rústico crucero de madera y cruz de hierro que preside el alto del puerto y sirve al mismo tiempo, cuando la nieve borra la senda, de guía a los peregrinos. Gracias a ellos, y a los numerosos caminantes y viajeros que, en uno y otro sentido, pasaban constantemente por el Camino (ganaderos, pastores de rebaños trashumantes, comerciantes, buhoneros, viajeros de toda laya y cuadrillas de gallegos que en verano venían con sus hoces a segar el pan de Castilla), la región, aunque difícil y agreste, vivió tiempos de esplendor y vio cómo sus pueblos se llenaban de hospitales y posadas para descanso de los viajeros y de los peregrinos.

La llegada del ferrocarril hacia el final del pasado siglo y, sobre todo, la construcción a principios de éste de la nueva carretera por el cercano puerto del Manzanal (trazado que impusieron las florecientes minas del Bierzo, situadas todas ellas más al norte) vino a marcar, sin embargo, el principio del fin para Foncebadón y para toda la Maragatería: no sólo los viajeros dejaron la antigua ruta, sino que los arrieros maragatos vieron cómo el ferrocarril, primero, y más tarde los camiones frigoríficos les arrebataban de golpe un negocio con el que la mayoría de ellos hicieron grandes fortunas. Basta contemplar aún la solidez y el empaque de los pueblos maragatos (la zona, por otra parte, más pobre de la provincia) o recordar, por ejemplo, al célebre Cordero, el maragato cuya influencia llegó a ser tanta que incluso se permitió el lujo de alojar en su casa de Santiagomillas a la mismísima reina Isabel II, de paso hacia Galicia, empedrando para la ocasión, según dice la leyenda, la habitación destinada a aquélla con monedas de oro puestas de canto para que la reina no se viera obligada a pisar ni la cruz ni su propia efigie.

A raíz de aquello, los pueblos de la zona, sobre todo los más altos, comenzaron a decaer hasta que, coincidiendo con el éxodo masivo del campo hacia las ciudades que se produjo en España durante los años sesenta y setenta, y que aún no ha terminado, muchos de ellos quedaron parcial o totalmente vacíos. Es el caso de Manjarín, que en tiempos tuvo hasta hospital de peregrinos, de Folgoso, de Prada, de Ferradillo, de Rabanal, de Labor del

Rey y del propio Foncebadón, que antaño recibía al peregrino con su gran monasterio y sus 1.600 metros de calle principal, toda ella empedrada y cubierta de galerías, y que hoy no es más que un montón de piedras entre las que todavía resisten, como únicos habitantes, una mujer y su hijo junto con sus ovejas y sus mastines. O, mejor: la mujer sola, pues el hijo, según dicen, anda siempre borracho por los pueblos de la zona o durmiendo en los pajares y en las cunetas de los caminos.

La mujer, que se llama María y tendrá ya los 70 años, es la típica montañesa, solitaria y un tanto arisca; lo que no impide, no obstante, que, en más de una ocasión, haya ayudado, e incluso cobijado en su propia casa, a algún excursionista despistado o a un peregrino perdido en medio de una ventisca. Pero, por lo general, María rehúye el trato con la gente, acostumbrada como está a pasar el tiempo sola desde que hace ya quince años se marcharon sus últimos vecinos, y, desde la ventana de su casa, observa sin ser vista el paso por el pueblo de los —salvo en verano— contados peregrinos, la mayoría de los cuales pasan de largo sin imaginar siquiera que pueda vivir alguien en mitad de aquel montón de ruinas. Hace poco, sin embargo, la solitaria María saltó a las primeras páginas de los periódicos de la provincia. Por lo visto, coincidiendo con el Año Jacobeo, y con la excusa de evitar posibles accidentes ante la masiva afluencia de peregrinos, el Obispado de Astorga decidió retirar las campanas de la iglesia de Foncebadón, que está a punto de caerse, y trasladarlas al Museo de los Caminos. El día señalado para ello, María recibió a la expedición (integrada por dos curas, seis obreros y cuatro guardias civiles) armada con un palo y subida en el tejado de la iglesia, decidida a defender las campanas con su vida. En vano intentaron convencerla para que se bajara y les dejara llevarse unas campanas que, al fin y al cabo, legalmente no son suyas. Mientras les tiraba piedras, María decía que las necesitaba, entre otras cosas, para avisar a la gente de los pueblos cercanos si un día se declaraba un incendio u ocurría una desgracia en el suyo, puesto que ni teléfono tiene para sustituirlas. Y, cuando un cura le dijo que para eso no le servían, puesto que las campanas no tienen ya badajo, la enrabietada María le contestó, al parecer, que entonces las tocaba con el suyo (el del cura). Al final, la mujer zanjó la cuestión gritándoles a los curas —y a los obreros y guardias civiles, que se fueron sin intervenir, sorprendidos quizá por la actitud de aquella pobre mujer y por la amenaza del hijo, que permaneció también sin intervenir, contemplando los hechos a distancia, sentado en una piedra, pero después de advertir, eso sí, que, si alguien tocaba a su madre, le metía un tiro— que aquellas campanas tenían que tocar a muerto por ella y que, luego, hicieran lo que les diera la gana, incluso deshacerlas si querían.

Tiene razón María. Foncebadón está muerto o morirá muy pronto (cuando las campanas doblen por ella, posiblemente un día de lluvia o de ventisca) como están muertos o morirán muy pronto, si es que nadie lo remedia, muchos pueblos de España que ya han empezado a ser invadidos por el silencio y por las ortigas. Pero, mientras eso ocurre, mientras la soledad se adueña, como un óxido invisible, definitivamente de sus ruinas, que les dejen al menos a sus últimos habitantes en paz, con sus recuerdos y sus campanas, aunque ni unos ni otras les puedan servir ya para sentirse vivos. Es a lo menos a lo que tienen derecho cuando ya lo han perdido todo, cuando hasta la soledad se les ha vuelto en contra y es ahora su principal enemigo.

(1993)

Modernos y elegantes

Desde que las insignias se llaman *pins*, los homosexuales *gays*, las comidas frías *lunchs* y los repartos de cine *castings*, este país no es el mismo. Ahora es mucho más moderno.

Durante muchos años, los españoles estuvimos hablando en prosa sin enterarnos. Y, lo que es todavía peor, sin darnos cuenta siquiera de lo atrasados que estábamos. Los niños leían tebeos en vez de *comics*, los jóvenes hacían fiestas en vez de *parties*, los estudiantes pegaban *posters* creyendo que eran carteles, los empresarios hacían negocios en vez de *business*, las secretarias usaban medias en vez de *panties* y los obreros, siempre tan toscos, sacaban la fiambrera al mediodía en vez del *catering*. Yo mismo, en el colegio, hice *aerobic* muchas veces, pero, como no lo sabía —ni usaba, por supuesto, las mallas adecuadas— no me sirvió de nada. En mi ignorancia, creía que hacía gimnasia.

Afortunadamente, todo eso ya ha cambiado. Hoy España es un país rico a punto de entrar en Maastricht y a los españoles se nos nota el cambio simplemente cuando hablamos, lo cual es muy importante. El lenguaje, ya se sabe, es como la prueba del algodón: no engaña. No es lo mismo decir *bacon* que tocino, aunque tenga igual de grasa, ni vestíbulo que *hall*, ni inconveniente que *handicap*. Las cosas, en otro idioma, mejoran mucho, sobre todo en inglés, que es el que manda.

Desde que Nueva York es la capital del mundo, en efecto, nadie es realmente moderno mientras no diga en inglés un mínimo de cien palabras. Desde ese punto de vista, los españoles estamos ya completamente modernizados. Es más, creo que no hay en todo el mundo un país que nos iguale. Porque, mientras en otros lugares toman sólo del inglés las palabras que no tienen —bien porque sus idiomas son pobres o bien porque pertenecen a lenguajes de reciente creación, como el de la economía o el de la informática—, nosotros, más generosos, hemos ido más allá y hemos adoptado incluso las que no necesitábamos. Lo cual demuestra nuestra apertura y nuestro interés por modernizarnos.

Así, ahora, por ejemplo, ya no decimos bizcocho, sino *plum-cake*, que queda mucho más fino, ni tenemos sentimientos, sino *feelings*, que es mucho más elegante. Y de la misma manera, sacamos *tickets*, compramos *compacts*, usamos *Kleenex*, comemos *sandwiches*, vamos al *pub*, quedamos *groggies*, hacemos *rappel* y, los domingos, cuando salimos al campo —que algunos, los más modernos, lo llaman *country*—, en lugar de acampar como hasta ahora, *vivaqueamos* o hacemos *camping*. Y todo ello, ya digo, con la mayor naturalidad y sin darnos importancia.

Obviamente, esas palabras no sólo han influido en nuestro idioma, sino que han modificado nuestra vida, que ahora es mucho más moderna y elegante. Por ejemplo: los españoles ya no usamos calzoncillos, sino *slips*, lo que nos permite marcar paquete con más soltura que a nuestros padres; ya no nos ponemos ropa, sino marcas; ya no tomamos café, sino *coffee*, que es infinitamente mejor, sobre todo si va mojado, en lugar de con galletas, que es una vulgaridad, con cereales tostados. Y, cuando nos afeitamos, en lugar de una loción, nos ponemos *after-shave*, que, aunque parezca lo mismo, deja más fresca la cara. Y, en el plano colectivo, ocurre exactamente lo mismo que pasa a nivel privado: todo ha evolucionado. En España, por ejemplo, hoy la gente ya no corre (hace *footing*), ya no anda (ahora hace senderismo), ya no estudia (hace *masters*), ya no aparca (deja el coche en el *parking*, que es muchísimo más práctico). Hasta los suicidas, cuando se tiran de un puente, ya no se tiran. Hacen *puenting*, que es más *in*, aunque, si falla la cuerda, se maten igual que antes.

Entre los profesionales, la cosa es ya exagerada. No es que seamos modernos, es que estamos a años luz de los mismísimos americanos. En la oficina, por ejemplo, el jefe ya no es el jefe; es el *boss* y está siempre reunido con la *public-relations* o va a hacer *business* a *Holland* junto con su secretaria. En su maletín de mano, al revés que los de antes, que lo llevaban lleno de papeles y de latas de fabada, lleva un *computer* y un *fax-modem* por si acaso. La secretaria tampoco le va a la zaga. Aunque seguramente es de Cuenca, ahora ya no lleva agenda ni confecciona listados. Ahora hace *mailings* y *trainings* —y *press-books* para la prensa— y, cuando acaba el trabajo, va al gimnasio a hacer *gim-jazz* o a la academia de baile para bailar sevillanas. Allí se encuentra con todas las de la *jet*, que vienen de hacerse *liftings*, y con alguna *top-model* amante del *body-fitness* y del *yoghourt* desnatado. Todas toman, por supuesto, cosas *light* y ya no fuman tabaco, que ahora es una cosa *out*, y, cuando acuden a un *cocktail*, toman *bitter* y *roast-beef*, que, aunque parezca lo mismo, engorda menos que la carne asada.

En la televisión, mientras tanto, ya nadie hace entrevistas ni presenta, como antes, un programa. Ahora hacen *interviews* y presentan *magazines*, que dan mucho más prestigio, aunque aparezcan siempre los mismos y con los mismos collares. Si el presentador dice mucho *O.K.* y se mueve todo el rato, al *magazine* se le llama *show* —que es distinto que espectáculo— y, si éste es un *show heavy*, es decir, tiene carnaza, se le adjetiva de *reality* para quitarle la carga de tremendismo que tendría en castellano. Entre medias, por supuesto, ya no nos ponen anuncios, sino *spots*, que, aparte de ser mejores, nos permiten hacer *zapping*.

En el deporte del *basket* —que antes era el baloncesto—, los *clubs* ya no se eliminan, sino que juegan *play-offs*, que son más emocionantes, y a los patrocinadores se les llama *sponsors*, que para eso son los que pagan. El mercado ahora es el *marketing*, el autoservicio el *self-service*, el escalafón el *ranking*, el solomillo el *steak* (incluso aunque no sea tártaro), la gente guapa la *beautiful-people* y el representante el *manager*. Y, desde hace algún tiempo, también, los famosos son los *vips*, los auriculares los *walk-man*, los comercios los *stands*, los triunfadores los *yuppies*, las niñeras las *baby-sitters* y los derechos de autor los *royalties*. Hasta los pobres ya no son pobres. Ahora los llamamos *homeless*, como en América, lo que indica hasta qué punto hemos evolucionado.

Para ser ricos del todo y quitarnos el complejo de país tercermundista que tuvimos algún tiempo y que tanto nos marcó, sólo nos queda ya decir *siesta*, la única palabra que el español ha exportado al mundo, lo que dice mucho en favor nuestro, con acento americano.

(1993)

La nevera

Hay un cuadro de Antonio López, de los que en estos días se exponen en el Centro de Arte Reina Sofía, que para mí representa el verano mejor que ninguna otra imagen. Se trata de *La nevera*, el cuadro en el que Antonio López pintó el humilde electrodoméstico con el que combatía los rigores del verano madrileño de 1966: una de aquellas neveras macizas y prehistóricas que hoy son ya objeto de anticuario o de diseño (todo el sesenta es diseño), pese a que muchas de ellas continúen funcionando, como orgullosamente reconocía en un artículo reciente el escritor Rafael Sánchez Ferlosio (¡con la cantidad de sabelotodos que uno tiene que oír a diario en las tertulias de la radio y la televisión, que haya que esperar tanto para leer a la media docena de personas que en España tienen algo interesante que decir!): «Hace 23 años que me sirve fielmente una nevera que ya había tenido dos señores antes de entrar a mi servicio... ¡Oh, vieja agradecida!».

Ferlosio lo comentaba a propósito de la provisionalidad de los objetos actuales, no sólo por la mala calidad de su factura, calculada por supuesto (no deja de ser extraño que, en plena era de la informática, cuando los misiles son «inteligentes» y los cohetes viajan a Marte, uno siga viendo de cuando en cuando *Seiscientos* por las carreteras y, por contra, sea imposible ver un coche de diez años), sino, como decía el propio Ferlosio, por la *impresentabilidad social* de un objeto a los tres o cuatro años de su compra en un mundo dominado por el consumo. La afirmación de Ferlosio, que es cierta, sirve para los objetos, pero también para las costumbres, que es a las que aquéllos sirven y que, como ellos, están tocadas por el moderno mal de la levedad.

Para la mayoría de las personas, por ejemplo, el verano, desde hace tiempo, tiene que ser fugaz. Fugaz no como deseo (a la mayoría les gustaría que las vacaciones durasen siempre), sino en la forma de concebirlo y de disfrutarlo, como lo prueba la publicidad. Una visita a una agencia de viajes o una mirada a la televisión bastan para comprender que hoy, para la mayoría de las personas, la imagen del verano no es ya la de la nevera, ni siquiera la del mar —me refiero al familiar—, sino el cartel de un país exótico o de una isla lejana a los que hay que llegar cruzando el globo en un avión. Por supuesto, ese cartel cambia cada verano, como los trajes de baño, y a los dos o tres de expuesto es ya tan impresentable como un coche de la misma antigüedad. Pese a lo que muchos piensan, el verano ya no es sinónimo de descanso, sino de velocidad.

Del mismo modo, el verano ya no es tampoco una época, ni siquiera una conquista del progreso, sino un motivo de ostentación. Ya no se trata tanto, a la hora de elegir el lugar de veraneo, de buscar un lugar para el descanso como de estar a la altura, e incluso por encima, de nuestra posición social. Aquellos veranos lentos que eran como una película que todos conocíamos de memoria, pero que no por ello nos producían menos placer, se han transformado en un *videoclip* en el que lo importante son el ritmo y las imágenes y no su necesidad. Un ritmo que cada vez es más trepidante (más lejos, más rápido, más fuerte, animan los anuncios veraniegos como si las vacaciones fueran una olimpiada en la que lo importante es participar) y unas imágenes tan efímeras como su publicidad. Atrás, en la memoria de nuestros padres y en la del desarrollismo de los sesenta, ahora tan evocados, quedaron ya las sombrillas, y los ventiladores, y las meriendas campestres, y aquellas viejas neveras de Antonio López y de Ferlosio en cuyo interior el verano era un bodegón de hielo y una ristra de gaseosas como aquella que a mi padre le hizo comprender un día, allá por los años veinte, su insoportable fugacidad: al parecer, un día, tras mucho rogarle al suyo, consiguió que éste le comprase una gaseosa, que entonces era la novedad, pero, entre la emoción y la fuerza de ésta, mi padre empezó a llorar y acabó dejándola escapar entera y llorando amargamente y de verdad.

Hay algunos, sin embargo, que, pese a la experiencia de nuestros padres y a las recomendaciones de la publicidad, seguimos fieles a esos veranos y cada año buscamos en la nevera de la memoria el consuelo a nuestra propia decepción. Para nosotros, el verano es sobre todo un reencuentro con el tiempo y por eso nos reserva únicamente muy dudosos y contados alicientes: la dulce paz de la siesta y los placeres de la gastronomía, la mirada del perro, el solitario baño, la contemplación de la noche con una copa en la mano y el redescubrimiento de unos paisajes que ya no son los mismos porque, como dijo el filósofo, aunque un paisaje permanezca inmutable, una mirada jamás se repite. Pero nos gusta. En el fondo, somos algo masoquistas y nos gusta sentir cómo todo ha cambiado y cómo nosotros mismos nos hemos ido convirtiendo poco a poco en unos desconocidos. Por eso volvemos cada verano a los mismos sitios y por eso, al llegar a ellos, nos ocultamos del sol como si fuéramos vampiros: para que no se nos vean, ni en la cara ni en el alma, las arrugas. Y por eso, cuando acaba el verano y cada pájaro regresa a su jaula ciudadana, mientras los demás exhiben con orgullo sus morenos impecables y nos castigan sin piedad con el relato interminable —y las correspondientes pruebas fotográficas— de sus viajes, nosotros les escuchamos, asentimos con un gesto que ellos creerán de envidia y nos retiramos durante un tiempo a algún lugar discreto donde poder ocultar nuestra palidez mientras nos entregamos con pasión a la lectura otoñal de los poetas más suicidas.

Lo que ellos nunca sabrán, porque se creen distintos, es que cada verano es una gaseosa que todos acabamos derramando sin haberla bebido.

(1993)

Parque jurásico

Chabeli Iglesias y Ricardo Bofill Jr. se casan en San Just Desvern, en el taller del padre del novio, en presencia de 250 invitados (entre los que se encontraban los tres padres de la novia) y con la panadera y jueza de paz del pueblo haciendo de casamentera. En Sevilla, Alfonso Guerra declara al día siguiente: «Cataluña está chantajeando al Gobierno». El torero Ortega Cano y la cantante Rocío Jurado, aunque también están muy enamorados, declaran que aún no se casan porque quieren hacerlo por la Iglesia. La inversora suiza CS Gold Miner consigue una rentabilidad en las Bolsas españolas del 107,80% en tan sólo siete meses («Hemos seguido un criterio conservador», declara su presidente). Monzer Al Kassar, traficante de armas, abandona la cárcel tras pagar una fianza de 1.005 millones sin que le detengan de nuevo inmediatamente por tener ese dinero. La cantante y actriz Carmen Sevilla se fotografía en la piscina de su casa después de 20 años sin hacerlo y tampoco la detienen. Ruiz Mateos va a la boda de Chabeli para entregarle un regalo, pero no le permiten el acceso. Jorge

Verstrynge, el ex delfín de Fraga, ingresa en el PSOE tras cuatro años de postulante y Fraga dice que Verstrynge y el PSOE le dan pena. Terenci Moix, premio Planeta de Novela, ejerce de cicerone de Isabel Preysler durante la estancia en Gerona de ésta. Julio Iglesias llega a Santiago, besa el suelo del escenario, cobra 300 millones y dice: «Voy a seguir soltero toda la vida, como mi padre». El filósofo y escritor Agustín García Calvo, después de llamar a la insumisión fiscal, pide a sus seguidores que paguen los 10 millones que debe a Hacienda. El fiscal, por su parte, denuncia a Bertín Osborne por no declarar 80. Carlos Goyanes, el aristócrata implicado en la red de narcotráfico, declara: «Estoy convencido de mi inocencia». Jaime de Mora, el hermanísimo, se compra una *Harley Davidson* y María Teresa Campos le entrevista al día siguiente. José Coronado, actor, rueda la serie *Hermanos de leche*. La revista *Semana* anuncia: «Lolita, embarazada de seis meses, ya está gordita». La cantaora María del Monte, por el contrario, pierde, según el *Hola*, 16 kilos. El alcalde de Marbella, Jesús Gil, se desabrocha otro botón de la guerrera y dice que *Imperioso*, su caballo, es un filósofo. Jaime Campmany, en su columna de *ABC*, hace el desnudo de Claudia Schiffer y Umbral, en la de *El Mundo*, el de Nati Abascal, que, aunque no está tan delgada, tiene al marido en la cárcel por fotografiar niñas desnudas. El violador de la niña vallisoletana Olga Sangrador González reconoce haberla matado, pero dice que no recuerda haberla violado antes. Bibí Andersen cambia de sexo. Rappel, el futurólogo, adivina el futuro por teléfono a 70 pesetas el minuto. Massiel presenta su último disco: «Si te agarro». Karina Falagán, la llamada «Madame Claude de los gallegos», abofetea a una diputada por criticar a Fraga y amenaza hacer lo propio con Beirás, el líder de los nacionalistas. Lola Flores rueda su autobiografía. Cristina Sánchez, Mari Paz Vega y Yolanda Carvajal toman la alternativa como novilleras en la plaza de toros de Fuengirola; Mari Paz sale a hombros y Yolanda y Cristina se declaran feministas. La revista *El Europeo*, el adalid de la modernidad hispana, publica en la portada de su último número un botijo. El Dalai Lama, de viaje por Europa, visita al barón Thyssen. Marta Chávarri, la mujer de Cortina, a sus sobrinos. Carrascal, Aberasturi, Jesús Hermida, la doctora Elena Ochoa, Lina Morgan, Jesús Puente, Pedro Ruiz, Carmen Sevilla, Raffaella Carrá, Bertín Osborne, El Loco de la Colina, Miliki y Milikito principales novedades para la nueva temporada televisiva. *La máquina de la verdad* sigue. Karlos Arguiñano (con K), el autor más vendido en España por un libro de recetas de cocina (le siguen como *best-sellers* otro de Raffaella Carrá y el Catecismo). Carlos Ferrando y Jesús Mariñas, los periodistas españoles más leídos. El locutor Luis del Olmo anuncia que va a cantar rancheras. Tejero pide el indulto y el Gobierno se lo niega «porque no está arrepentido». Emilio Gomáriz, el tránsfuga aragonés, declara: «Daría mi vida por Aragón». Sara Montiel nos cuenta otra vez su vida. Eva Cobo, la ex de Toni Cantó y de Ricardo Bofill Jr., declara no saber quién es el padre de su hijo y, respecto de un tal Domecq, dice: «Sólo es un buen amigo». Genoveva Osborne, que también tiene apellido de coñac, implicada en la trata de blancas filipina. Beatriz Preysler, la hermana de Isabel, veranea en Marbella con el duque de Sevilla y su ex marido dice que sólo son amigos. José Rodríguez Ibarra, el presidente de Extremadura, visita a Felipe González para hablar del 15% y sale convencido. Vuelve, sin sus bigotes, José María Íñigo. Miguel Bosé, a sus 37 años, quiere ser agricultor. TVE inicia la emisión de un nuevo culebrón: *Estrellita mía*. Benito Floro, entrenador del Real Madrid, dice: «Coordinamos bien las líneas y los achiques de espacios, pero nos falta imponer el *tempo* y definir bien arriba» (al parecer, hablaba de fútbol). Matías Prats (padre) declara en El Escorial que en el No-Do no había censura. Emilio Romero sigue haciendo crónicas políticas. Charo Pascual, la chica del tiempo, ingresa en un convento. Bárbara Rey, ya sin domador, confiesa:

«No soy María Goretti». Por si quedaran dudas, su compañera Isabel Pantoja enseña teta y pierna en Benalmádena y declara: «Ser artista es un don divino». El boxeador Poli Díaz, ídolo de los modernos, noquea a su mujer de un puñetazo y cae en Ciudad Real ante un desconocido. El financiero bursátil Miguel Muñoz Calero publica en la prensa el siguiente anuncio: «Miguel Muñoz Calero declara públicamente que está locamente enamorado de Marta Salinas, que ninguna mujer volverá a importarle y que este anuncio quede como constancia para siempre de su amor infinito». Hugo Sánchez, el macho mexicano, vuelve al fútbol español y anuncia: «Cuando me retire, me gustaría hacer telenovelas». Impresionado, José María Aznar, líder de la oposición, declara: «El Gobierno está en crisis». Después del éxito de *Jamón, Jamón*, Bigas Luna presenta *Huevos de oro*, «una reflexión fílmica —según sus propias palabras— sobre los huevos fritos con chorizo». Comienzan las obras de remodelación del edificio anexo del Congreso, construido hace sólo 13 años. Suben —hasta un 200%— las tasas de matrícula. En Sevilla, los alumnos hacen huelga para pedir que les pongan taquillas en los pasillos, como en la serie *Beverly Hills*, para poder pegar en ellas las fotos de sus actores y cantantes favoritos. Sofía Mazagatos, Leticia Sabater y Beatriz Santana protagonizan *Juven-*

tud ardiente, la nueva serie de *Tele 5*. Ramoncín, el ex rey del pollo frito, abandona a María Teresa Campos para presentar un concurso. Spartaco Santoni se viste de pirata. José María García sigue. Angel Colom, líder de Ezquerra Republicana de Catalunya, dice: «El PSOE nos empobrece». Idígoras reconoce que no tiene RH negativo. El ultra Emilio Hellín, preso por asesinato, sale de la cárcel con permiso después de haberse fugado ya dos veces en las mismas circunstancias. Carlos Solchaga dice: «Si Guerra se va del PSOE, no pasa nada». *El País* nos enseña los testículos del presidente y los pechos de la nueva ministra. La revista femenina *Elle* saca a un chico en calzoncillos. Ana Obregón graba un vídeo en el que enseña a las parturientas ejercicios sencillos para recuperar la silueta rápidamente. Tita Cervera, la baronesa, dice que reza todos los días. Jaime de Mora, sentado en su *Harley Davidson*, dice: «Mi filosofía es sencilla: monta para vivir y vive para montar» (previamente confesó que lloró por Balduino). Carmen Sevilla (60 millones/ año), Concha Velasco (240), Mercedes Milá (500), Martes y Trece (10 millones por programa cada uno) y Emilio Aragón (1.500 por dos años), las estrellas mejor pagadas del nuevo curso televisivo.

¿Quién soy yo? ¿Qué hago aquí?

(1993)

Elogio del tumbado

El otro día murió en Madrid Juan Carlos Onetti, el gran tumbado de la literatura de este siglo. Onetti llevaba 15 años en la cama, sin levantarse prácticamente nunca, así que, cuando murió, lo único que hizo fue darle a su actitud carácter definitivo. Su postura hasta ese instante había sido solamente voluntaria, si es que voluntario es querer desentenderse por completo de lo que pasa en el mundo.

El caso de Onetti, por más que extremo y famoso, no es, empero, el único caso de tumbado conocido. Dentro de la literatura, autores como Aleixandre o como Pío Baroja ejercieron de tumbados en los últimos años de su vida, aquejados de una extraña enfermedad moral, y otros, sin llegar a tanto, los describieron en sus novelas o en sus obras de teatro, como aquel personaje de Jardiel que llevaba 20 años en la cama, sin ver a nadie ni hablar con nadie, pero viajando, eso sí, por todo el mundo gracias a la imaginación y a la ayuda de un criado que le servía de guía. Hoy me voy a San Sebastián, decía, por ejemplo, y, cerrando los ojos, se ponía a *viajar* mientras el criado imitaba los sonidos del tren con la ayuda de una campanilla.

En España, la figura del tumbado es más común de lo que la mayoría imagina. Casos como el de Onetti abundan por todas partes, especialmente en Andalucía, donde todos conocen algún tumbado, incluso dentro de su familia. Un día, la mujer (los tumbados siempre son hombres; hasta ahí aún no ha llegado el feminismo) va a despertar al marido y éste le dice desde la cama que no piensa levantarse y, lo que es mucho más grave, que ya no va a hacerlo nunca. La mujer comprende al instante (normalmente lo esperaba: al tumbado se le ve venir, como a las nubes) y corre a dar la noticia a sus parientes y a sus amigos. A veces, éstos intentan convencerlo para que reflexione y deponga su actitud, casi siempre sin resultado, pero la mayoría se limitan a aceptar aquélla como una desgracia que hay que llevar con resignación y con la mayor dignidad posible. Desde ese día, y hasta su muerte, el tumbado recibe en la cama los cuidados de sus familiares y las visitas de sus amigos, a los que recibe sentado, con la espalda apoyada en la almohada, como gesto de cortesía, y ya no vuelve a salir de casa ni a interesarse más por lo que pasa en el mundo. El mundo, para él, ahora es la cama, desde la que observa todo con una enorme apatía.

Hay quien dice que el tumbado lo que pretende en el fondo es volver al claustro materno, que identifica con el calor de las sábanas y con la seguridad de lo conocido. Algo debe de haber de eso, en efecto, y de una cierta pereza (pereza que a veces es más costosa, desde el punto de vista psicológico, que la alienación del trabajo diario, como cada semana nos demuestran las tardes de los domingos), pero lo que hay fundamentalmente, al menos a mi entender, es una gran dejación y un desinterés total por lo que ocurre en el mundo; desinterés que se muestra en pequeños aspectos, a veces, ya en la infancia o en la primera juventud, pero que se desarrolla con el paso de los años, aunque, como las separaciones, no se manifieste fuera hasta un momento concreto y de forma normalmente repentina. Como decía Cortázar, cuando alguien dice que se va, es que ya se ha ido.

Viendo estos últimos días las fotografías de Onetti —las pocas que dejó hacerse—, postrado sobre la cama con su cabeza de león de mar y su mirada llena de whisky, he pensado en los cientos de tumbados que a lo largo de mi vida he conocido. Tumbados no siempre puros (me refiero a la postura), pero tumbados al fin y al cabo, aunque sea sobre la barra de un bar o en los bancos de las plazas públicas. No hace falta quedarse en casa para apartarse del mundo.

Las noticias sobre Onetti coincidían, además, a veces en la misma página, con los artículos sobre escándalos y corrupciones políticas que, durante los últimos meses, han sacudido la vida pública; una vida pública —la española— cada vez más encanallada, más áspera y menos dulce. Y no sólo me refiero a la política. La social, la periodística, hasta la literaria o la deportiva parecen últimamente haberse contagiado del furor y de la agresividad feroz que, procedentes de aquélla (o reflejadas en ella), impregnan todos los ámbitos, incluso los menos competitivos. Siempre ha sido un poco así (no en vano nos educan para el éxito, no para ser felices), pero en los últimos tiempos se percibe en España una crispación social mayor de la conocida. El malestar general por los múltiples problemas económicos, unido a la decepción por el final de las vacas gordas que para muchos sólo existieron en la imaginación de los socialistas, ha generado una agresividad —agravada por la ira producida entre la gente por el comportamiento bandoleresco de algunos de éstos e interesadamente atizada por sus opositores políticos— que hace casi irrespirable la atmósfera del país y que invita a quedarse en cama todo el día. En un tiempo como éste en el que la política ya no es un debate de ideas, sino un navajeo público, en el que los periódicos ya no informan, sino que juzgan y acusan (todo al tiempo y todo junto), en el que las televisiones compiten, al grito de ¡Todo por la audiencia!, en zafiedad y en el que hasta la literatura se valora por el número de ventas, como los discos, lo mejor es quedarse en casa y entregarse a la bebida.

Personalmente, debo reconocer que, aun perezoso y escéptico desde mi más tierna infancia —lo que explica, entre otras cosas, mi aversión a la cultura—, aún no he alcanzado el grado de placidez o de desencantamiento necesario para tumbarme, al menos toda la vida (debo reconocer también que me asusta la etimología: tumbado viene de tumba). Pero, a poco que sigan así las cosas —y parece que no van a cambiar mucho—, dudo de que no llegue a alcanzarlo, si no para quedarme definitivamente en la cama, como los tumbados puros, sí al menos para imitarles cuando las circunstancias arrecien o me invada la apatía. De momento, este verano, voy a entrenarme por si, a la vuelta, hay elecciones anticipadas y, como todo parece indicar, vuelven a ganar los mismos.

(1994)

no informan, sino que agreden y sensacionali-
zan [illegible], en el que es tele-
[illegible] [illegible] todo por hacer
[illegible] [illegible] y [illegible] hasta la litera-
tura se valora por el número de ventas, [illegible]
los discos, lo mejor es [illegible] en casa y [illegible]
[illegible].

Personalmente, [illegible] que, aun
pensando y escribiendo [illegible], aunque tiene [illegible]
[illegible] —lo que explica, entre otras cosas, mi
aversión a [illegible]— [illegible]
el [illegible] de placer y de [illegible]
necesario para [illegible] a [illegible] toda la
vida (debo reconocer también que me [illegible] a
la [illegible] de [illegible].
Pero, a [illegible] —[illegible]
que no [illegible]— [illegible] que
no llegue a [illegible], no para [illegible]
definitivamente en la [illegible], como los [illegible]
dos [illegible], si [illegible] cuando
la [illegible] y [illegible] la
apatía. De [illegible], este verano voy a [illegible]
[illegible] la [illegible] hay [illegible]
[illegible] para [illegible] vuel-
ven a [illegible] los [illegible].

La España menguante

Este verano, una noche, fui a cenar con dos amigos a la fonda de Juanita. La fonda de Juanita está en Pontedo, en las montañas de Cármenes, allá donde León se funde con Asturias (o debería, pues, de momento, la carretera muere en el puerto, sin continuar hacia el otro lado), y la llevan dos hermanas solteras y ya mayores que combinan el cuidado de la fonda con el de un puñado de vacas y de un sinfín de animales domésticos, algunos de los cuales acaban sus existencias en las ollas de la fonda para regalo de los pocos comensales que llegan hasta casa de Juanita.

Esa noche, mis compañeros de mesa eran dos, como digo: una amiga española residente en Miami y de vacaciones en España aquellos días y Fulgencio, periodista de un diario de León, pero residente en Cármenes, adonde sube, después de su trabajo, por carreteras infames y afrontando la nieve y el hielo en ocasiones, todos los días. Aquella noche, sin embargo, era verano y las montañas resplandecían como en los *westerns* tras las ventanas abiertas del comedor de Juanita.

Juanita es una gran cocinera, pero sobre todo una gran charlatana (quizá porque se pasa sola horas enteras muchos días) y, entre jamón y tortilla, tras hacer inventario de la lista de médicos, notarios, autoridades, obispos y hasta astronautas que pasaron por la fonda en los meses anteriores, al menos según Juanita, la conversación derivó enseguida hacia donde deriva siempre que voy allí cuando a Juanita se le acaban los médicos —que son sin duda alguna sus clientes preferidos— y a los que estamos comiendo, la tortilla y la risa: el abandono en el que se hallan todas aquellas aldeas y otras muchas como ellas a lo largo y ancho de la provincia. Un abandono que viene desde muy lejos y que, en lugar de menguar, como algunos pensaban, ha aumentado desde la implantación en España de las autonomías.

Para que ustedes lo entiendan, Pontedo, por ejemplo, tiene actualmente dos docenas de habitantes en invierno, cuando llegó a tener más de 100 a mediados de siglo. La mayoría se fueron en los últimos veinte años, empujados por la soledad, las dificultades de la vida en la montaña y la marginación a la que estaban relegados por parte de unos centros de poder tan lejanos como inaccesibles. En ese tiempo, poco o nada ha cambiado en la vida de sus vecinos. La carretera continúa igual que entonces, llena de curvas y baches y muriendo en el puerto sin enlazar con Asturias (¿para qué, si para lo único que la quieren los médicos que tanto admira Juanita es para ir a cazar o para perderse del mundanal *ruïdo*?). Del mismo modo, las condiciones de vida de aquéllos continúan siendo tercermundistas. Hay un médico para veinte o treinta pueblos, un solo autobús al día (suponiendo que no nieve), el teléfono suena como en el Congo, el hospital más cercano está a 50 kilómetros (de los de antes) y las escuelas han desaparecido. Se las llevó el Ministerio a mejores zonas, por culpa de la despoblación, contribuyendo de esa manera a hacer aquélla definitiva: con las escuelas, se van los niños y, con los niños, a veces, también, los padres, que no pueden o no quieren separarse de sus hijos. Y, como con las escuelas, lo mismo ocurre con los comercios, que cierran porque no hay gente, y con los bares, que apenas tienen clientes, y con los restaurantes, que solamente abren en verano y los domingos, y hasta con las iglesias, que ya no tienen ni curas. Aunque esto sea, posiblemente, lo que menos les preocupe a los vecinos.

Pero, mientras para lo bueno sigue estando muy lejos, para lo negativo el Estado muestra una diligencia que a veces raya en el desafío. No sólo les cobra impuestos como a cualquiera, sin darles igual servicio, sino que últimamente parece que lo que quiere es que se vayan todos de allí, a juzgar por la gran cantidad de trabas que les pone para abrir cualquier negocio y por las facilidades que les ofrece para cerrar los que existen, ya sea subvencionando el abandono de las vacas o primando el cierre de las minas; aunque después se lave la cara con inversiones medioambientales y demás programas *Leader*. A Juanita, por ejemplo, cada día se lo ponen más difícil. En su afán por velar por la salud de la gente, ya que no por su futuro, las autoridades sanitarias no sólo han llegado hasta su casa, que ya es celo, para obligarle a quitar el pájaro que tenía en el comedor (y que se murió de pena el pobre al verse relegado en el pasillo), sino que han prohibido la venta ambulante por los pueblos tal y como se venía haciendo desde hace lustros. Pero, como sucede que no hay tiendas en la zona, al menos de algunas cosas, Juanita tiene que coger el autobús todos los días y hacer veinte kilómetros para comprar la carne y el pescado y hasta los huevos para las tortillas (que hasta éstos, por lo visto, tienen que tener registro). El problema es que cualquier día el autobús va a echar el cierre también, pues apenas hay viajeros, y Juanita tendrá que hacer lo propio con la fonda y dedicarse a ver la televisión como hacen todo el día sus vecinos. Aunque tampoco ésta, me temo, les debe de aclarar mucho. Mientras Juanita iba y venía lamentándose, la televisión comenzaba el *Telediario* de la noche con la presentadora diciendo: «Saludos desde España», ante la estupefacción de mi amiga de Miami y la sonrisa escéptica de Fulgencio, acostumbrado ya a ese saludo. Resulta que, como hasta Pontedo no llega la señal normal, los vecinos han puesto una antena parabólica por la que cogen sólo el canal internacional, aparte, claro está, de todos los del mundo. Es decir, que han pasado de la radio al Hispasat sin ni siquiera haber visto el *Un, dos, tres*.

El ejemplo de Pontedo es sólo uno de los cientos que existen en León y de los miles que hay por toda España. Un país que, como la luna, tiene dos caras, una creciente y otra menguante, aunque a veces se confundan. En parte, porque están repartidas por todo él y, en parte, porque los que más se quejan son normalmente los que menos motivos tienen para hacerlo, aunque a veces se lo crean ellos mismos (el problema de los nacionalistas, ya se sabe, es que no viajan y así es imposible saber lo que les pasa a los vecinos). En cualquier caso, la existencia de esa España menguante, que cada vez es mayor, o por lo menos más pobre, a nadie parece importarle mucho. Pues, mientras en Europa, de la que tanto se habla cuando conviene, los gobiernos intentan corregir las diferencias regionales y aun locales (quitando impuestos, primando a las empresas o creando simplemente infraestructuras), aquí se hace justamente lo contrario: apoyar a las zonas más fuertes y abandonar a las otras a su destino. O, peor: acelerando éste para que nadie se entere siquiera de que existen.

La Navidad pasada, también comiendo en la fonda de Juanita (si fuera médico, me condecoraría) le escuché decir a ese propósito a una economista convencida: «No se puede subvencionar la nostalgia». Quizá tenía razón. Quizá las cosas son como son, sin vueltas ni medias tintas, y ni Juanita, ni yo, ni las catedrales, ni el tren, ni los ancianos o la literatura pintemos ya nada en el mundo. Me pregunto, sin embargo, que, cuando Juanita falte, ¿quién les hará la tortilla?

(1994)

Verdades como puños

Todos los españoles somos iguales ante la ley (Artículo 1.º de la Constitución Española).

Hacienda somos todos.

El Partido Popular es popular.

El Partido Socialista es socialista.

Izquierda... Unida.

La Guardia Civil es un cuerpo militar como su propio nombre indica.

Los toros son cultura (por eso dependen del Ministerio del Interior).

Gibraltar es español. Ceuta y Melilla también.

Todas las mujeres son iguales.

Todo por la patria (lema de los militares).

Amigos para siempre (el de la 25.ª Olimpiada).

100 años de honradez (el del PSOE).

Vizcaíno Casas es escritor.

Alfonso Ussía es un humorista.

Es una persona humana (un árbitro, por ejemplo).

Todas las opiniones son respetables.

Donde hay publicidad resplandece la verdad.

Desde la caída del muro de Berlín, ya no hay ideologías.

Los delincuentes entran por una puerta y salen por otra.

El trabajo dignifica.

El trabajo es la mejor lotería.

1: El hombre y el oso cuanto más feo más hermoso. 2: El que no se consuela es porque no quiere. 3: El refranero es sabio (1+2=3).

La *mili* te hace hombre.

A los hombres no hay quien los entienda.

Ojos que no ven, corazón que no siente.

El que calla, otorga.

El tiempo todo lo cura.

El cartero siempre llama dos veces.

El asesino siempre vuelve al lugar del crimen.

Todos los escritores españoles estamos amamantados por Carmen Romero, excepto Cela y Umbral. Yo, además, formo parte de la mafia leonesa.

Detrás de cada gran hombre, hay una gran mujer.

Una mujer con cojones.

1: De Madrid, al cielo. 2: Todo lo que sube baja. 3: No se puede fiar uno de nadie (1+2=3).

La cara es el espejo del alma.

...Y el alma sólo es de Dios.

Los enemigos del alma son tres: el *Mundo*, el Demonio y la Carne.

Castilla y León es una región.

Los toros son una fiesta.

La política hace extraños compañeros de cama.

Los poetas son sensibles.

La arruga es bella.

El algodón no engaña.

Ariel lava más blanco.

Los vascos son gente noble.

Un libro ayuda a triunfar.

Empiezas fumando *porros* y acabas en la heroína.

Todos los políticos son iguales.

Cuando seas padre, comerás huevo.

España es una nación.

Fraga es inteligente.

Los gallegos son muy raros.

Cualquier tiempo pasado fue mejor.

Con Iberia habría llegado antes.

Madrid es hospitalaria.

España es diferente.

Como este país, no hay nada.

La española cuando besa es que besa de verdad.

(1995)

II. Reportajes

El Hullero: la muerte de un dinosaurio

«Éste es un tren de campesinos viejos y de mineros jóvenes / Hay algo que unifica más que la sangre y la amistad», escribía el poeta Antonio Gamoneda en su poema *Ferrocarril de Matallana* en 1960. Y 20 años más tarde, en 1980, el escritor Juan Pedro Aparicio en su *Viaje en el Hullero*: «A decir verdad, éste no es un tren cualquiera (...) El Hullero se ciñe al terreno como un animal de los montes, como un mitológico ciempiés. Sin grandes obras de fábrica, sin grandes túneles, sin excesivos desmontes, contornea las vaguadas, trepa por las lomas con el esfuerzo de sus riñones como si en vez de topes y cadenas estuviera articulado por huesos y por alma».

El Hullero, ciertamente, ha inspirado mucha literatura. Y hasta canciones: como ésa del grupo leonés de rock *Deicidas* que convierte al viejo tren minero en escenario de un asalto de cuatreros de ganado al más puro estilo del Oeste. No en vano sus casi cien años de vida, su peculiar trazado, su longitud de líneas (con sus 340 kilómetros, el Hullero es el tren de vía estrecha más largo de toda Europa y uno de los primeros del mundo), el pintoresquismo de sus estaciones y su condición de motor de la siderurgia vasca y de las cuencas mineras leonesa y palentina, le han cargado de historia y de leyendas y le confieren un aura de ferrocarril romántico y de tren pionero entre los de su categoría. Pero el Hullero está amenazado de muerte. Lo está desde hace años, en que empezó el abandono de sus instalaciones y sus vías, y lo está, sobre todo, desde que el pasado 26 de diciembre el Gobierno decretara por sorpresa la suspensión temporal del servicio entre las estaciones de Matallana, en León, y de Bercedo, en Burgos (aproximadamente dos tercios de la línea), alegando razones de seguridad ante el mal estado de las vías. Una suspensión temporal que, a la vista de las circunstancias y de otros casos, muchos temen que se convierta en definitiva.

«El tren no se muere; lo están dejando morir desde hace años», acusa Ricardo Robles, el gerente del sector León-Mataporquera, en su despacho de la estación de León desde cuya ventana se adivina el deterioro que invade toda la línea: vías muertas, almacenes cerrados, vagones abandonados, zarzas, óxido, basura, espinos. Hasta el reloj, cubierto de polvo y cruzado por dos tiras de esparadrapo («para que no haya reclamaciones con la hora») está parado desde hace lustros. Ricardo Robles, recién nombrado gerente y que antes fue maquinista, no pierde, sin embargo, la esperanza. Llena la mesa de datos y de papeles y, con ellos delante, afirma: «Aun con el abandono en que está desde hace años, ésta es la línea de FEVE de mayor producción en tráfico de mercancías (medio millón de toneladas de carbón entre La Robla y Guardo y 250.000 toneladas de arena de Arija) y está incluso por encima de la media en tráfico de viajeros por puestos ofertados, pese a que éste no sea su principal objetivo: 46 contra 41. Las pérdidas actuales son de 300 millones al año, pero se reducirían a 100 con la renovación de la línea. O sea: una miseria en comparación con las de otras empresas del Estado e incluso con las de otros ferrocarriles». La renovación de la línea supondría, según el gerente, unos 2.800 millones, que, pese a no ser mucho («el 0,5%, por ejemplo, del presupuesto del AVE»), el Ministerio pretende que lo costeen, al menos en parte, las instituciones autonómicas y las diputaciones provinciales afectadas; algo que a éstas, sin rechazarlo del todo, no les parece justo: «Estamos hartos de tener que pagar por lo que a otros no les cuesta un duro».

Jesús Martínez, el jefe de la estación de San Feliz, no entiende de política. Él de lo único que sabe es de despachar billetes («catorce al día, contados, salvo los sábados y los domingos»), de vigilar el paso de los trenes para bajar las barreras y de cuidar, entre tren y tren, el pequeño huerto contiguo a la estación en el que cultiva sus hortalizas: «Hace poco me dijo un ingeniero que no le parecía bien esto, pero yo le paré los pies; le dije: mire usted, lo hago para completar el sueldo y porque, además, si no, me aburro». El jefe de San Feliz, que opina que «León tiene lo que se merece», es, pese a todo, un profesional. Con su telefonillo de manivela, como los del Oeste, y su reloj de pulsera (el de la estación está parado a las 7, quizá desde hace un siglo) controla la llegada de los trenes y sale con su gorra y su bandera a recibirlos. Éste que llega ahora viene de Matallana, que es la estación siguiente (las de Garrafe y Pedrún, aunque intermedias, están cerradas desde hace años y convertidas bajo la niebla en sendos monumentos al olvido), donde los viajeros se apean y continúan viaje en autobús. Aquí se acaba, por la parte de León, desde la orden de suspensión, el tráfico de viajeros, pese a lo cual dos obreros se afanan paleta en mano en remodelar el vestíbulo: «Ya ven: invirtiendo y muriendo», nos dice uno de ellos, ante la sonrisa de su compañero, con una mezcla de escepticismo; la misma resignación vestida de escepticismo que encontraremos a lo largo de la línea y que nos resumía en tres palabras Julio Orejas, a sus 81 años el miembro más antiguo de la familia que regenta la fonda del mismo nombre alzada hace ya casi un siglo para atender a los viajeros y a los trabajadores del tren al pie de la estación de La Vecilla: «Nos quitan todo».

El Hullero, o Ferrocarril de La Robla (como se le llamó en un principio por su lugar de destino), nació a final del pasado siglo de la mano de un grupo de empresarios vascos para llevar hasta los Altos Hornos de Vizcaya el carbón de las cuencas leonesa y palentina. La baja calidad del asturiano y el alto coste del inglés, más caro cada vez a causa de las huelgas y los transportes marítimos, que eran de los que en un principio se surtían, hizo que volvieran sus ojos hacia las hasta entonces infraexplotadas cuencas mineras de León y de Castilla. Fue así como se proyectó la línea, bajo la dirección del ingeniero vasco Mariano Zuanzavar, y como empezó su andadura el tren, el 11 de agosto de 1894 (pronto hará ya, por tanto, un siglo), tras haber superado innumerables problemas financieros y políticos. Durante todo ese tiempo, el Hullero no ha dejado un solo día de hacer su recorrido llevando en sus vagones su carga de carbón y forjando a su paso la historia de un país que sin él no sería el mismo. Porque, en los mismos trenes que llevaban el carbón hacia Bilbao, se fueron yendo también, en busca de un trabajo y de otra vida, las gentes que vivían al borde de la vía. Eran años de posguerra y de miseria y en Sestao, en Portugalete, en Baracaldo, había trabajo bien pagado y para todos sin tener que andar detrás de las ovejas y las vacas todo el día o que bajar cada mañana a dejarse los pulmones en la mina. Y, así, el mismo tren que un día les dio vida paradójicamente fue dejando despobladas las altas tierras frías de León, de Palencia, de Santander y de Burgos. Y, ahora que las minas ya están muertas porque la siderurgia se acabó y porque, después de un siglo, los tiempos han cambiado y resulta más barato importar el carbón del extranjero que extraer el de las propias minas, tampoco queda ya gente en los pueblos que pueda todavía seguir viajando en el Hullero.

«Este tren ha ido muriendo y nadie se ha preocupado de sus problemas; era la crónica de una muerte anunciada», manifestaba no hace mucho Gonzalo Martín Baranda, uno de los padres del Tren de Alta Velocidad y presidente de FEVE desde hace año y medio, a la vez que aseguraba que, de momento al menos, «la empresa no tiene un duro para volver a poner la línea en funcionamiento». Casi como si le contestara, Alejandro Rodríguez, el jefe habilitado de la estación de Cistierna, que, con sus 44 años de ferroviario, ha visto ya de todo, desde los años del estraperlo hasta el rodaje de tres películas, *Sor Citroën*, *Cuerda de presos* y *Luna de lobos*, y que se muestra quejoso porque ninguno de los actores sabía manejar bien la bandera («la bandera tiene mucha miga; si no, que nos pongan de jueces de línea»), afirma contundente: «Dice el presidente que esto se cae. ¡Cojones! Cómo no se va a caer si lo están tirando ellos. Desde que FEVE absorbió la línea, en 1972, no ha vuelto a invertir un duro. Incluso los presupuestos que aprobaban para ella los desviaban para otras líneas. Este tren ha sido siempre la Cenicienta de FEVE». A su lado, un maquinista joven que espera la orden para salir con un mercancías remacha las palabras del viejo jefe: «Esto es como en el mus: el tren se acaba por *muerte dulce*».

Muerte dulce —o mejor: amarga— es cuanto se ve a partir de Cistierna. En diciembre cerraron también las minas de Sabero y, desde aquí hasta Guardo, se advierte claramente el declive de la zona: Valle de las Casas, Puente Almuhey, La Espina, Prado de la Guzpeña... Viejos pueblos mineros hoy ya prácticamente despoblados y sumidos, como las estaciones del tren, en el olvido y en la miseria. Isidoro Barrios, alcalde de Valderrueda y profesor de Filosofía en el instituto de Guardo, lo tiene claro y lo dice sin rodeos ante las majestuosas ruinas de *La Vasconia*, la primitiva sede de la compañía minera, toda una metáfora erigida en piedra de lo que está pasando por estos pueblos: «Cierran las minas, quitan el tren, pagan a los ganaderos por dejar las vacas y a los labradores por abandonar las tierras... ¿A ver quién va a quedar aquí?».

A partir de Guardo, donde se acaba también el tráfico de mercancías, el Hullero entra de lleno en el desierto de Castilla. A partir de aquí, y hasta Arija, donde se reanuda otra vez el tráfico de mercancías (concretamente de arena, que una empresa extrae desde hace años del fondo del pantano del Ebro), ya sólo hallaremos bosques, aldeas deshabitadas y estaciones solitarias y batidas por el viento: Santibáñez de la Peña, Villaverde-Tarilonte, Castrejón, Vado-Cervera. Es la ruta del románico palentino y de los viejos pueblos mineros, la ruta de la soledad y del silencio. En Salinas, dos perros guardan la estación en ausencia del jefe y, en Cillamayor, a tres kilómetros de Barruelo, el pueblo que un día fue la capital minera de Palencia y que ha perdido ya ocho mil vecinos de los más de diez mil que llegó a tener, el jefe nos recibe, a las doce del mediodía, en bata y en zapatillas y con aire todavía somnoliento: «Estoy de baja y estaba arriba, durmiendo. Además, ¿para qué voy a levantarme si ya no pasan trenes?», nos dice este hombre joven que, en sus horas de soledad, ha decorado el despacho con retratos de Marilyn Monroe y convertido la estación en un museo. El de Mataporquera, ya en Cantabria, con su uniforme en regla y planchado, parece, en cambio, un general sin ejército. Sentado junto a la estufa, sobre la cual ha puesto una rama de eucalipto para dar buen olor al ambiente, recuerda los viejos tiempos en los que esta estación, en el centro exacto de la línea y en el cruce con la de RENFE, era una de las más importantes del Hullero. Todavía es posible imaginarlos viendo las instalaciones abandonadas y a merced del olvido y del viento: la residencia de los ferroviarios, la cantina, la fonda, las terminales de carga y los antiguos talleres de mantenimiento. Pero ahora sólo queda él viendo pasar el tiempo.

Antes de Arija, en Los Carabeos, al borde ya del pantano del Ebro, dos hombres discuten en el bar del dudoso futuro del Hullero. «Somos pocos, de acuerdo —dice uno—. Pero también tendremos derechos...». El otro, en cambio, más escéptico, sentencia: «Esto, como los pasiegos: la vaca que no da leche, *p'al* matadero». Palabras que remacha por la calle («Digan que esto se muere») y que nos persiguen hasta Soncillo, la estación en la que el jefe, Fernando, vive con su mujer y sus dos hijos completamente solos y aislados a más de seis kilómetros del pueblo y que al periodista le hace recordar aquel relato de Kafka que Juan Pedro Aparicio evocara al cruzar Cillamayor en su *Viaje en el Hullero*: «Durante cierta época de mi vida, trabajé en un pequeño ferrocarril del interior de Rusia. Nunca me sentí tan abandonado como allí».

De Pedrosa a Sotoscueva, apenas siete kilómetros, pero cruzando el tramo más angosto de la línea (y el túnel más largo de toda ella), vamos en un mercancías. El maquinista, un vasco de Valmaseda que no quiere dar su nombre, pero que afirma ser hijo y nieto de maquinistas, no tiene pelos en la lengua: «Esto es un nido de sinvergüenzas. Lo que no puede ser es que haya más gente trabajando en Madrid, en las oficinas, que en la vía». A su lado, su compañero afirma: «Dicen que la suspensión es por la seguridad de los viajeros, pero nosotros seguimos circulando. Así que una de dos: o lo primero es mentira, o es que no les importa la vida de los maquinistas». En Espinosa de los Monteros, la estación a la que llegaban los montañeros y esquiadores del País Vasco y en la que los viajeros se apeaban a tomar un café y a comprar *italianas*, los dulces típicos del pueblo, ahora solo está el jefe guardando una máquina quitanieves y el hangar en que se oxida un viejo tren de madera en uno de cuyos asientos alguien escribió un día una anónima y profética pregunta: *¿Quo vadis, Hullero?*

En Bercedo se reanuda otra vez el tráfico de viajeros. El Hullero, tras superar el puerto del Cabrio y atravesar el valle de Mena, entra ya en territorio vasco y vuelve a tener vida. En Valmaseda están los talleres de las máquinas y la estación más importante de la línea y, de aquí hasta Bilbao, la superpoblación del valle del Cadagua y la abundancia de industrias le aseguran al Hullero un próspero y largo futuro. Al periodista, que de niño viajaba en el Hullero para ir de León a La Vecilla y que en los trenes aprendió lo poco o mucho que ahora sabe de la vida, le gustaría que ese futuro se extendiera igualmente a toda la línea. Pero, mientras la noche cae sobre la estación de La Concordia de Bilbao, al lado de la ría, recuerda la profecía de *Nico*, el veterano jefe del taller de Valmaseda: «Yo no deseo que lo *quitarían*, por supuesto. Pero hay una cosa clara: este tren nació con el carbón y morirá con él».

(1992)

La catedral perdida

A algunos el nombre quizá les suene, lejana y borrosamente, unido al de Erick el Belga, el famoso ladrón de obras de arte que desvalijó varias iglesias, hace ahora algunos años, por todo el norte de España. Otros tal vez lo recordarán en relación con la rebelión de los curas de las parroquias aragonesas que aún dependen eclesiásticamente de Cataluña y que se reunieron allí hace meses para reivindicar su condición territorial y exigir públicamente su segregación de aquélla. Otros, en fin, lo conocerán por su afición al románico o por su vinculación a Huesca. Pero, para la mayoría, incluidos los propios aragoneses, la catedral de Roda de Isábena sigue siendo un misterio, una perfecta desconocida, una especie de *Titanic* legendario perdido entre las nieves del Pirineo.

Y, sin embargo, la catedral de Roda de Isábena no sólo existe, sino que guarda bajo sus ábsides, no sólo una larga historia y un magnífico tesoro artístico (a pesar de Erick el Belga), sino también varios récords: los de ser la catedral más antigua de Aragón, la más pequeña de España y la única sin obispo. Del mismo modo que el pueblo que le da nombre ostenta también el suyo: el de ser la población más pequeña del mundo (31 habitantes solamente) con una catedral hecha y derecha.

La singular historia de la catedral de Roda explica, empero, perfectamente no sólo su soledad, y su desconocimiento, sino también la existencia de esas 110 parroquias pertenecientes a Cataluña pese a ser aragonesas y hasta el famoso robo de Erick el Belga. Todo viene de su fundación en el remoto valle del río Isábena allá por la alta Edad Media.

Según cuenta la historia, la catedral de Roda de Isábena fue fundada en el año 956 por el conde ribagorzano Ramón II, siendo obispo de Roda su hijo Odesindo. El condado de Ribagorza, que comprendía los valles de los ríos Esera, Isábena y Noguera Ribagorzana (y durante algunos años también el valle de Arán), en torno a lo que hoy es la frontera de Aragón con Cataluña, había sido creado a principios del siglo X por un conde de Toulouse que había llegado hasta el Pirineo apoyando la Reconquista y, aunque no se independizó del todo hasta ese año, con la consagración de su catedral, tenía ya su propia diócesis, dependiente de la de Narbona, desde el año 939, fecha en que el conde Ramón I nombró obispo a su hijo Atón tras un primer intento fallido protagonizado por el obispo Adulfo. Como alguien dijo, durante la Edad Media el símbolo más aparente de soberanía era tener una diócesis propia, igual que ahora lo es, para los países recién independizados, tener una línea aérea.

A principios del siglo XI, los árabes invaden el Isábena, destruyendo a su paso todos los pueblos y fortalezas, Roda incluida. El obispo Aimerico huye al valle de Bohí, al norte del condado, y permanece allí hasta la retirada de los árabes, en el 1010, año en que regresa a Roda, restaurando la diócesis —que mientras tanto había sido usurpada por la de Urgel— y comenzando la construcción de la catedral (la anterior era simplemente la capilla del castillo). En total, y tras múltiples avatares, como su traslado temporal a Barbastro tras la reconquista de esta ciudad a los árabes o la propia desaparición del condado tras la muerte sin descendencia del último conde, Isarno, y su anexión al reino de Aragón, la diócesis de Roda llegará a tener hasta 18 obispos, el último de los cuales, Guillermo Pérez de Ravitas, es quien la traslada a Lérida, tras la reconquista de ésta a los árabes en el año 1149, constituyendo la diócesis Lérida-Roda, nombre que se perderá con el tiempo en favor de aquélla, como la concatedralidad de Roda, aunque hasta la Desamortización de Mendizábal permanecerá allí un cabildo de cuya vitalidad y pujanza económica dan fe las sucesivas obras acometidas y el testimonio del historiador H. Myhill: «Da una idea del tesoro que se había acumulado en la remota Roda el hecho de que se requirieran catorce mulos para llevarse el oro y la plata Isábena abajo, dejando el pobre valle más pobre aún».

A raíz de la Desamortización, y como les sucediera a tantas iglesias y conventos españoles, la catedral de Roda de Isábena comenzó un proceso de deterioro que duraría ya hasta este siglo; concretamente, hasta que en el año 1932 el profesor Ricardo del Arno, un catedrático de instituto de Huesca, acomete por su cuenta la limpieza del claustro, que llevaba tabicado desde el siglo XVI. En la década de los sesenta, el Ministerio de la Vivienda, a través de la Dirección General de Bellas Artes, continuó los trabajos de restauración bajo la dirección del arquitecto Francisco Pons Sorolla, un enamorado de la catedral rotense, aunque no será hasta mediados de los setenta, con la llegada a Roda de párroco de mosén José María Lecinyana, cuando la catedral empiece realmente a resurgir.

A sus 69 años, de los que los 22 últimos los ha pasado en Roda, el mosen Lecinyana, como le gusta que le llamen (así: mosen, no mosén, que es como se dice en Aragón), sigue siendo un personaje singular. Delgado, enjuto, vivaz, con el pelo más largo de la cuenta (para un cura de sus años, me refiero), lo que le da cierto aire bohemio, recibe al periodista vestido con el mono de trabajo, que es su uniforme habitual cuando no tiene que decir misa. Hoy, como es lunes, no ha tenido que decirla (ayer, domingo, y festividad de San Valero, uno de los patrones de Roda, tuvo que decir tres), pero aun así se ha levantado temprano, como todos los días, para, con la colaboración de un vecino del pueblo, proseguir su ímproba labor: levantar piedra a piedra, no sólo la catedral, sino las casas y las murallas de Roda.

Cuando llegó al Isábena este aragonés de Huesca (de Estadilla, cerca de Roda, aunque por azar naciera en Barcelona), se encontró la catedral y el pueblo casi en ruinas. La despoblación, que en los años sesenta dejó casi diezmado el Pirineo, había golpeado también con fuerza al valle del río Isábena, uno de los más pobres y más remotos, y tanto Roda como los otros pueblos ofrecían un aspecto desolador: casas caídas, aldeas abandonadas, iglesias y castillos arruinados, caminos intransitables y un extraño conformismo general: como si todos estuvieran resignados a su suerte. No es extraño, por ello, que los curas que por allí habían pasado antes, muchos de ellos catalanes, hubieran concebido aquel destino como un castigo del que escaparon en cuanto les fue posible sin volverse siquiera a mirar atrás.

Pero el mosen Lecinyana no era de ésos. Aunque recién llegado de Lérida, donde impartía clases de Religión y Latín, Lecinyana era de pueblo —y, además, de la región— y enseguida se dio cuenta de que allí había mucho que hacer. Comenzando por la catedral. Lo primero que hizo fue electrificar las campanas («para que se oyeran en todo el valle») y luego ya se puso el mono de albañil. Volvió a limpiar el claustro, en el que las zarzas llegaban ya hasta el tejado, abrió puertas, tiró tejas y tabiques y comenzó la restauración. Él solo, sin ayuda de nadie al principio (si acaso de algún vecino) y ante el escepticismo general, el mosen Lecinyana fue devolviéndole a la catedral de Roda el esplendor de sus viejos tiempos en una empresa titánica en la que derrochó no sólo su tiempo y su esfuerzo físico (él ha hecho de arquitecto, de albañil y de peón), sino también todos los ingresos que ha obtenido en esos años, tanto de su soldada de cura como por los servicios en la parroquia o su trabajo de guía de la propia catedral: «Cuando canté misa, a mí me dijeron que me casaba con mi parroquia —dice, sonriendo—; así que lo único que he hecho es gastármelo todo en la mujer». Lo cual explica, seguramente, el total ascetismo en el que vive, en una celda del claustro que él mismo barre y friega, como, por otra parte, hace también con la catedral, aunque, por timidez o modestia, él no quiera hablar de ello. Tienen que ser sus vecinos los que le cuenten al periodista las que el mosen ha pasado en todo este tiempo por culpa de su *mujer*: «Fíjese cómo será —dice Yolanda, su ayudante como guía y una de las escasas chicas del pueblo— que hace poco se le quemó un coche viejo que tenía y estuvo meses yendo a decir misa a los pueblos andando porque no tenía dinero para poder comprar otro. Ahora tiene uno de segunda mano que le regaló su hermana, pero da igual: cualquier día lo vende para arreglar un retablo».

Pero los resultados están ahí, a la vista del visitante, y ése es su mayor orgullo. En lo más alto del pueblo, encaramado a su vez sobre la cresta de la colina que se alza en medio del valle y desde la que se dominan prácticamente todas las cumbres del Pirineo, desde el Aneto al valle de Arán, la catedral de Roda se alza majestuosa con su portada del siglo XIII, su atrio renacentista, sus tres ábsides, su torre y su bellísimo claustro románico tan limpios y relucientes como si los acabaran de edificar. Dentro, y esperando su visita, en la que le acompañarán Yolanda o su hermana —o, si anda con tiempo, el propio cura—, están también, convenientemente ordenados y restaurados, todos los elementos arquitectónicos y los objetos artísticos que la catedral sigue conservando a pesar de Erick el Belga y de la Desamortización: los capiteles, el coro, la sala capitular, el retablo de Gabriel Jolí, la capilla absidada del siglo XII, las pinturas murales, el órgano, las reliquias y vestimentas de algún obispo y la hermosísima cripta subterránea en la que se conserva el sepulcro de San Ramón. Aunque de la silla de éste, la pieza de más valor que se conservaba en Roda, sólo se puedan ver ya unos trozos, los que se recuperaron tras la captura de Erick el Belga por diversas ciudades de Centroeuropa.

El robo de Erick el Belga —y sus secuelas, que aún duran— fue uno de los momentos más tristes en la vida del mosen Lecinyana. De hecho, todavía se le entristece la voz cuando se refiere a él. Ocurrió en la madrugada del 6 de diciembre de 1979 y lo ejecutaron unos gitanos pagados por el anticuario, que se quedó esperándolos en su coche cerca del pueblo. Eso le sirvió más tarde, cuando le detuvieron, para decir que los objetos robados se los había comprado a aquéllos. En total, se llevó cuatro imágenes románicas, varios lienzos, tres arquetas, algún libro y la pieza que realmente iba buscando: la silla de San Ramón, esculpida en el siglo IX en madera de boj y que el santo había traído cuando vino de Toulouse. Fue el golpe más importante de Erick el Belga, quien todavía protagonizaría unos cuantos más por diversos lugares del norte de España, el último de los cules fue el robo de la Cámara Santa de la catedral de Oviedo.

A raíz de su detención, se recuperaron una Virgen románica de piedra, una naveta de plata, dos sudarios, algún lienzo, la arqueta con las reliquias de San Valero y los ya citados trozos de la silla de San Ramón (al parecer, el ladrón-anticuario tuvo que trocearla para poder sacarla de España). Todo ha regresado a Roda, excepto un tríptico de San Juan Evangelista que conserva el Ministerio de Cultura y que de momento se niega a devolver. Al parecer, pide a cambio los 7 millones que tuvo que pagar por él para recuperarlo. Y, de momento al menos, el mosen Lecinyana, aunque vendiera su coche, no los tiene.

Pero, mientras lo devuelven o no, él no se ha quedado quieto. Lo primero que hizo a raíz del robo fue trasladarse a vivir a una celda del claustro para poder estar cerca de su *mujer* (antes vivía en una casa del pueblo) e impedir de ese modo que se repitieran hechos como los de Erick el Belga y continuó su trabajo, ahora ya con ayuda de las instituciones, que repararon en la existencia de Roda gracias a aquellos hechos. Como señala el mosen sonriendo: «Dios escribe con renglones torcidos y no hay bien que por mal no venga».

Su labor, sin embargo, no se ha limitado sólo a la catedral, pese a que, evidentemente, ésta sea su preferida y el objeto de todos sus desvelos. Aparte de otras iglesias y ermitas de la parroquia, algunas de las cuales estaban ya perdidas, ha restaurado también el castillo y varias casas de Roda (trabajando él de albañil y pidiéndoles únicamente los materiales de construcción a sus dueños) y, sobre todo, se ha preocupado por revitalizar el pueblo: «Esto, como habrá visto, es muy pobre: apenas da para criar ovejas y cerdos. Por eso sólo quedan cuatro viejos. Mi empeño es ofrecer alternativas a los jóvenes para que puedan quedarse y animar a la gente para que conserve sus casas, aunque sea solamente para volver en vacaciones o los fines de semana». Y, de momento al menos, algo ha conseguido ya. Aparte de interesar a la gente, que ha visto cómo Roda empezaba a recibir turistas, sobre todo catalanes y extranjeros, atraídos por la catedral, ha convencido a algunos amigos para que compren casas y las arreglen y él ha hecho lo propio con el antiguo refectorio catedralicio (donde antes estaba el museo), que cedió luego a un matrimonio joven para que lo convirtiera en un restaurante en el que se les ofrece a los visitantes a muy buen precio un sabroso repertorio de la cocina ribagorzana que los turistas degustan rodeados de obras de arte mientras contemplan por las ventanas las arcadas románicas del claustro y el aljibe que salvó a la catedral de Roda de ser quemada por los republicanos en la última guerra civil española al ser el único depósito de agua que tenía el pueblo. El siguiente paso de Lecinyana, que tiene ya casi a punto, ha sido convertir una casa próxima en edificio de apartamentos. Así podrán quedarse los turistas a dormir en Roda en lugar de partir, como hasta ahora, después de visitar la catedral, a Graus o a Barbastro en busca de un hotel. No es extraño que todo ello haya servido para que el obispo de Lérida le nombrara encargado de restauración del patrimonio de toda la zona aragonesa de la diócesis, a pesar del litigio que les enfrenta: «El obispo y yo nos llevamos bien —puntualiza el mosen— mientras no hablamos de los límites».

Porque el otro caballo de batalla del mosen Lecinyana es la segregación de las parroquias oscenses que, como la de Roda, siguen perteneciendo a Lérida. Es, de hecho, el promotor y el alma del movimiento que aglutina a los curas de la zona y que últimamente ha saltado a la prensa. Aunque el asunto ya venga de lejos: «En 1956 —dice Lecinyana— un decreto de la Santa Sede incorporó unas 15 parroquias a la sede de Barbastro y hubo también algún cambio más en la zona fronteriza: de la Seo de Urgel a Lérida, de Lérida a Barbastro, etc. Pero el núcleo principal, la zona más rica, se mantuvo como estaba gracias a la habilidad del entonces obispo de Lérida, don Aurelio del Pino, que se sacó de la manga la teoría de que el mantenimiento de una diócesis mixta catalano-aragonesa era un freno ante el nacionalismo catalán, argumento que tuvo éxito en Madrid. Pero, ahora, con las autonomías, la situación es cuando menos rocambolesca: para unas cosas dependemos de Cataluña y para otras de Aragón, para unas de Lérida y para otras de Huesca. La cuestión se complica cuando hay que pedir dinero. Para la restauración de iglesias, por ejemplo. Todos se lavan las manos y le pasan la pelota a los de al lado. Aparte de que lo que está claro es que nosotros somos aragoneses».

Todo el problema viene, precisamente, de cuando Guillermo Pérez de Ravitas, el último obispo de Roda, anexionó la diócesis, hace ya casi ocho siglos, a la de Lérida. Desde entonces, la sombra de la catedral de Roda, aun sin obispos y abandonada, ha seguido planeando sobre esa estrecha franja fronteriza aragonesa. No es extraño, por ello, que en Roda se reuniera hace unos meses el Justicia de Aragón con los curas de las 110 parroquias para pedir públicamente su segregación de Lérida. Ese día, Lecinyana dejó el mono de albañil para recibir a sus compañeros: «Todos estamos de acuerdo y la solución parece que ya está próxima, pero hay presiones políticas de Cataluña, como siempre: en 1981, mientras Tejero asaltaba el Congreso, la Conferencia

Episcopal Española trató el tema y votaron en contra los 11 obispos de Cataluña más los otros tres obispos catalanes que estaban en otras diócesis. Es lo de siempre: lo de ellos es de ellos y lo demás de todos», dice con sorna este aragonés que se confiesa nacionalista, aunque «en el buen sentido: el de quien ama, sencillamente, su tierra».

Y lo demuestra. Mientras se arregla o no el asunto de los límites, él sigue levantando su catedral piedra a piedra, arreglando Roda, animando a la gente para que vaya o se quede y recorriendo los pueblos de su parroquia en el coche de segunda mano que le regaló su hermana para ir a decir misa u oficiar un bautizo o un entierro; más entierros que bautizos, por desgracia, que en el Isábena apenas quedan ya jóvenes, como en todos los pueblos del Pirineo. Y por las noches, seguramente, duerme con un ojo abierto por si regresa el hombre cuyo nombre le persigue desde hace años, aunque él lo niegue: Erick el Belga. Es su demonio particular, el protagonista de sus pesadillas allá en la soledad de su celda. Sobre todo, desde que hace unos meses le llamó por teléfono de repente y le dijo que iba a ir a visitarle: «Yo me quedé de piedra, claro; pero le dije que podía venir cuando quisiera, que la catedral está abierta para todos, como cualquier iglesia. Pero no vino, ni me volvió a llamar. A las pocas semanas, sin embargo, un día, aparecieron tres hombres y una mujer que decían que querían hacer un reportaje, creo que para la radio. Uno de ellos no abrió la boca en todo el rato; simplemente escuchaba y miraba. A los pocos días, una señora de Zaragoza que viene mucho por Roda me mandó un recorte de prensa con una foto y esta vez sí que me quedé de piedra. Era él, el que no hablaba: Erick el Belga».

(1995)

El Oasis

El 16 de noviembre de 1994, a las once de la noche, más de un millar de personas abarrotaba los palcos y el patio de butacas del *Oasis*. El profesor y periodista Luis Alegre presentaba su libro *Besos robados* (una recopilación de sus artículos de cine publicados en *El Heraldo de Aragón* a lo largo de los últimos diez años) y, en el viejo local del barrio de San Pablo —el popular barrio del Gancho zaragozano—, se dieron cita gentes de todos los ámbitos: periodistas, políticos, deportistas, cineastas, escritores, familiares y amigos del autor que asistieron divertidos a una fiesta que presentó el actor Javier Gurruchaga y que acabaron enseguida con todas las existencias de la barra. Enrique Vázquez, el dueño, no recordaba una noche así desde que, allá por los años sesenta, invadiera la sala un batallón entero de legionarios.

Fue el canto del cisne del *Oasis*. Al día siguiente, el viejo cabaret zaragozano volvió a la normalidad, esto es, a las cinco o seis entradas de media por sesión que mantenía desde hacía años. El domingo 18 de diciembre ni siquiera llegaron a celebrarse todas. La de la noche, que era la última prevista, tuvo que ser suspendida al haber sólo una entrada vendida en la taquilla. La entrada fue reembolsada a su propietario y Mari Cruz Navarro, la *vedette*, la *Palmira*, Moscatelli, Montilla y Merche Navarro, los cinco artistas que aún quedaban en cartel, se fueron a cenar a un bar cercano mientras Enrique Vázquez, el dueño del *Oasis*, apuraba en la barra prácticamente solo las últimas horas de la historia de un local que, con diversos nombres, había protagonizado casi un siglo de la vida nocturna de Zaragoza. «Cierro, pero no tiro la toalla. Con ayuda o sin ayuda, volveré a abrir. Este local es mi vida y, mientras yo siga vivo, el *Oasis* no morirá.»

Pero, pese a las palabras y deseos de su dueño, el *Oasis*, al menos por el momento, acababa de morir. En silencio, sin anuncios ni lamentos estentóreos, como los héroes del cine, el *Oasis*, una de las instituciones zaragozanas más populares junto con el Real Zaragoza y la Virgen del Pilar, acababa de hacer mutis por el foro, como ya antes lo hiciera el *Plata*, el viejo café-cantante zaragozano —el más antiguo de Europa cuando cerró— tantos años vecino del *Oasis*, entre la indiferencia del público y de unas autoridades que ni siquiera se enteraron hasta pasado algún tiempo de que el viejo cabaret de la calle Boggiero había cerrado.

Aunque con él se cerrara también una página importante de la historia de Zaragoza y de toda España: esa página nostálgica y brumosa de las noches de plumas y bambalinas que a lo largo del siglo XX escribió el *Oasis* junto con un puñado de cabarets, hoy ya todos olvidados y perdidos (*La Bilbaína* de Orense, el *Universal* de León, el *Suizo* de Oviedo, el *Comercio* de Logroño, el *Iruña* de Bilbao, el *Biombo Chino* y el *Pasapoga* de la Gran Vía madrileña y aquel rosario de salas del Paralelo de Barcelona que hasta hace pocos años competían con las salas del mismísimo París), y que ahora, tras el cierre del *Oasis*, ha quedado reducida a dos cenizas, el *Arnau* y el *Molino Rojo* barceloneses, que también agonizan poco a poco aun convertidos en centros para turistas y con amparo y/o ayuda municipal. Realmente, el *Oasis* de Zaragoza era el último cabaret.

La historia del *Oasis* se remonta a hace ya cerca de un siglo, concretamente al Sábado de Gloria de 1909, fecha en la que abría sus puertas el *Royal Concert* en lo que hasta entonces había sido una posada (la *Posada Plasencia*, se llamaba). Su fundador había sido un tal Melich Vinaixa, un empresario catalán de espectáculos que también tenía salas en Barcelona, pero que, andando el tiempo, y siguiendo un destino no muy extraño entre la gente dedicada a este tipo de negocios, acabaría arruinado y vendiendo azucarillos en las Ramblas.

Quince años después, en 1924, lo compró Ricardo Moreno, el tío-abuelo de Enrique Vázquez, el actual propietario (son, pues, ya tres generaciones familiares al frente del *Oasis*), cuando el entonces aún llamado *Royal Concert* se había convertido en uno de los mejores cabarets de España. Tenía 400 metros cuadrados de columnas y trabajaban en él, aparte de las artistas y los tanguistas, que eran los que entonces alternaban y triunfaban, un sinfín de acomodadores, camareros, cigarreros, floristas y empleados. Todo un mundo de ensueño y fantasía comparado con la soledad del dueño la noche prenavideña en la que cerró el *Oasis*.

La Dictadura de Primo de Rivera, en 1927, prohibió los rótulos extranjeros y los periódicos en catalán, por lo que el *Royal Concert* pasó a llamarse *Real Concierto*, el primero de los cambios de nombre que el local experimentaría. Pero seguía llenándose. Eran los tiempos gloriosos de Antoñita la *Cacharrera*, una niña bien y muy golfa, educada en colegios de monjas y muy bien relacionada en las altas esferas zaragozanas, que hacía los vodeviles verdes más atrevidos (de Tuban) y que atraía al local de la calle Boggiero a gente de todo Aragón y aun de toda España. Uno de los que llegaron fue un tal Nicéforo Rodríguez, un canalla madrileño y señorito que viajó a Zaragoza en taxi —cuando apenas había taxis en España— siguiendo los pasos de una corista (se llamaba Lolita Granados y tenía sólo 18 años) y que, ante la negativa de ésta a aceptar sus pretensiones, la mató de un tiro al lado del escenario. El homicida acabó en la cárcel, donde se hizo alpargatero antes de volverse loco, y el local lo cerraron por tres meses. Fue el único incidente de importancia en la historia del *Oasis*, excepción hecha del espectador que, por los años cincuenta, falleció de un infarto en su butaca.

A la proclamación de la República, lo de *Real* sonaba muy mal y el *Real Concierto* cambió su nombre por el más apolítico de *Salón Variedades*. El anagrama era una orquesta con bolas de fiesta, muy al estilo de aquella época, que aún se puede contemplar en el membrete de una carta que Enrique Vázquez conserva como oro en paño en una de las carpetas de fotos y documentos que abarrotan su despacho; un despacho a caballo entre el museo y el decorado de una película de cine negro americano. Revisando esas carpetas —y los múltiples objetos que se apiñan en la mesa y los estantes: máquinas de escribir, de desinfectar, focos antiguos, ventiladores, teléfonos de baquelita, carteles, zapatos, álbumes—, uno puede reconstruir la historia del local y, a través de ésta, en su dimensión (noctámbula y provinciana), la propia historia de España. Una historia que ha pasado a lo largo de este siglo del cabaret semiclandestino a las macrodiscotecas sin horario.

La época de la República fue, como no podía ser menos, la de mayor esplendor del antiguo *Oasis*. Las artistas salían ya totalmente desnudas y había hasta restaurante. Fueron los años de Rosarillo y Antonio (que entonces se llamaban Los Chavales Sevillanos), de Miguel de Molina, de la *vedette* Maruja Tomás, de Carmen Amaya... Por haber, llegó a haber en el *Oasis* hasta un ballet de 21 patinadoras alemanas. El público principal eran los golfos y calaveras de Zaragoza y las gentes de todo Aragón que acudían a la capital a hacer compras o al mercado.

Por esa época, ya ejercía de brazo derecho de su padre, al frente del local, Celestino Moreno, el tío de Enrique Vázquez y prácticamente también su padre. No en vano él fue quien le trajo del Ferrol a Zaragoza, al acabar la guerra y quedar su madre viuda, quien le educó y le enseñó el negocio y quien le puso luego al frente del *Oasis*. «Mi tío —dice éste aún con admiración— se dejó aquí la vida, igual que su padre. Por eso, aunque sólo sea por respeto a su memoria, yo no puedo dejar que esto se acabe.»

Pero, cuando el huérfano de guerra ferrolano que entonces era aún Enrique Vázquez aterrizó en Zaragoza, la guerra ya había dejado sus secuelas en el *Oasis*. No es difícil imaginar lo que debió de ser la contienda para una ciudad que tenía un frente en Belchite, a unos 50 kilómetros, y el otro en Bujaraloz, a otros 50 kilómetros, aunque Zaragoza permaneciera en todo momento bajo el control de los sublevados. El *Oasis*, que aún se llamaba *Salón Variedades*, vivió toda esa convulsión, pero siguió funcionando. «Lo del descanso del guerrero debió de inventarse aquí», ironiza Enrique Vázquez recordando, a través de las historias que su tío le contó, las barbaridades que hacían los militares que bajaban del frente a divertirse en el *Oasis*: «Una noche, por ejemplo, un grupo de legionarios apiló y prendió fuego a las butacas y hubo hasta un coronel, de cuyo nombre no quiero acordarme, pero del que sí te puedo decir que con el tiempo llegó a ser capitán general de Madrid, que tenía su despacho en un palco del *Oasis*. Cuando se fue —dice Enrique Vázquez— se llevó muchas fotos de las artistas; para su colección, supongo. Y a ver quién se las reclamaba».

La posguerra fue muy dura también con el *Oasis*. La ciudad, como toda España, vivía años de racionamiento, no sólo en lo material, sino también en sus costumbres y sus hábitos.

Los cabarets fueron prohibidos, excepto en Barcelona y en Madrid, donde pasaron a figurar oficialmente como teatros. El *Oasis*, pese a ello, siguió también funcionando, aunque, eso sí, con continuos cierres, un poco como el Guadiana. La censura, no sólo la oficial, era feroz y Enrique Vázquez recuerda aún haberle oído a su tío que las beatas de Zaragoza se santiguaban al pasar frente al *Oasis*. Tal vez por eso, por esa época, el *Salón Variedades* cambió su nombre por el que ya ostentaría durante los siguientes cincuenta años: el *Oasis*. El nombre se lo puso un tal Pablo Cistué, crítico teatral del *Heraldo*, que fue quien ganó el concurso que Ricardo Moreno había convocado a tal efecto entre sus amigos (el premio era una cena), y con él se quería destacar la condición de oasis de paz que el local habría de tener tras la tormenta aún reciente de la guerra.

El 1 de julio de 1945 llega Enrique, el actual dueño, del Ferrol, reclamado por su tía, la mujer de don Celestino, que ya entonces era el dueño efectivo del *Oasis*. El local, tras el paréntesis de la guerra y de los años más duros de la posguerra, comenzaba a remontar el vuelo y el joven Enrique Vázquez asiste al resurgir del cabaret mientras estudia el bachiller, primero, y más tarde la carrera de Derecho, en un cuarto que estaba justo encima del escenario. Aunque, para él, entonces, lo que pasaba abajo estaba aún totalmente vedado. «Mi tío —recuerda con nostalgia— era un hombre muy estricto y no me dejaba ver el espectáculo. Así que yo me subía al tejado y espiaba a las artistas por una claraboya que había encima del escenario. Al día siguiente, las *vedettes* me tomaban el pelo. ¿Qué, Enrique? Anoche, de gato, ¿no?»

El público, en esa época, era mayoritariamente de militares. Zaragoza estaba llena de cuarteles y los fines de semana había hasta cuatro funciones, desde las dos de la tarde hasta la madrugada. Los artistas, por otro lado, proliferaban. Muchos de los de la República habían muerto o estaban en la cárcel, pero surgían otros, como los hongos, por todas partes: «El hambre —señala Enrique— siempre ha dado muchos toreros y artistas de variedades». Por lo demás, la censura lo controlaba todo, desde los amplificadores o los libretos hasta la ropa de las *vedettes*. Enrique Vázquez aún conserva en sus carpetas papeles de la censura en los que se señala a lápiz desde la altura de la pierna a la que tenía que bajar algún vestido hasta el fragmento de la canción que había de ser cambiado.

Son los años de Margarita Sánchez, que se anunciaba al público como la «genial intérprete de la canción española» y que fue la primera al menos que se atrevió a cantarla con micrófono (aún vive en Barcelona); de la Bella Dorita, la de la pulga; de la *vedette* valenciana Maruja Torres, que bailaba «El antequerano» enseñando el muslo y volvía locos a los soldados, y del apoteósico debut en el *Oasis* de Marifé de Triana. Un debut que tuvo lugar el día de Nochevieja de 1952 con la cola dando vuelta a la manzana y que hizo llorar a Marcelino, el camarero más viejo del *Oasis*, «¡y mira si no habría visto cantar a gente!». Los camareros eran, por otra parte, auténticas instituciones en esos años. Aparte de a Marcelino, que, como Vicente López, el batería, trabajó toda su vida y se jubiló en la casa (a éste, incluso, le sustituyó su hijo), Enrique Vázquez recuerda aún a Ramón el *Arruinabares*, que había sido bailarín y chófer de una marquesa, a Pablo el *Zapatones*, a Domingo el *Persianas*, cuyo apodo le venía de su costumbre de peinarse en horizontal para disimular la calva, y, por supuesto, a Juanito el *Chino*, que vendía caramelos y boquillas de cigarrillos y que, a pesar de su nombre, era chino de verdad: «el primer chino, posiblemente, que debió de llegar a España».

Por esos años, también, comenzaron a celebrarse en el *Oasis* veladas de boxeo e, incluso, llegó a haber un gimnasio, el *Oasis Boxing Club*, del que aún subsisten algunas huellas en lo que hoy es el almacén de decorados. El encargado era un tal Pepe Martín, que había llegado a ser campeón de España, y los que se pegaban era principalmente púgiles aficionados, que también abundaban en esos años (como los toreros y los artistas, por el hambre), aunque también se llegaron a celebrar combates profesionales. En el *Oasis Boxing Club* peleó, por ejemplo, Fred Galiana, que fue púgil y cantante, y se pesó por última vez el mítico Ignacio Ara, aunque el combate de éste se celebró en la Plaza de Toros, que estaba al lado. Enrique Vázquez recuerda aún, al cabo de tantos años, la impresión que le produjo siendo un niño la imagen de un boxeador que llevaba calzoncillos de flores (¡en aquel tiempo!) cuando se subió a la báscula.

Hacia mediados de los cincuenta, entre unas cosas y otras, el *Oasis* ha recobrado ya el esplendor de los viejos tiempos, aunque, evidentemente, cambiado. El país comienza a resurgir de sus cenizas y se vislumbra ya el *boom* turístico y económico de los sesenta. Las *vedettes* empiezan a dejar el *maillot* por el biquini, la nueva moda de entonces, y artistas como Tania Doris (que entonces se llamaba aún Lolita Comas), como Mari de Lys o como Carmen de Lirio ven llenarse cada noche las butacas del *Oasis* de militares y de estudiantes entusiasmados («Hay médicos —dice Enrique— que han hecho aquí la carrera»), aunque el local siga aún considerándose poco recomendable: «Los cadetes de la Academia, por ejemplo, al revés que los soldados de reemplazo, lo tenían prohibido, y les vigilaban mucho, lo que no impedía que alguna vez vinieran a escondidas, ocultando el sable bajo la capa». La leyenda cuenta, incluso, que uno de los más asiduos era el propio rey Juan Carlos. Y añade, siempre en voz baja, que en una de sus visitas a Zaragoza el entonces cadete y hoy rey de España preguntó a sus sorprendidos anfitriones —las autoridades de Zaragoza— si todavía seguía abierto el *Oasis*.

En los años sesenta, años de resurgir de los cabarets (los había incluso portátiles, como los Teatros Chinos, que iban por las ferias de los pueblos), comenzaron en España los *strip-teases*. La primera que lo hizo en el *Oasis* fue una negra, Miss Zabú, y la siguieron, entre otras muchas, Miss Manhattan, una mulata guadalupeña, Miss Rolls-Royce, que salía sentada en el morro de un coche de esa marca, y la mejor de todas al decir de Enrique Vázquez: Shandy Schweppes, una austríaca medio *hippy* que vivía en una *roulotte* y que, en lugar de desnudarse poco a poco, como las otras, salía ya al escenario completamente desnuda, con tan sólo una cadena por el cuerpo. El público abarrotaba el *Oasis* cada noche y por el día iba a verlas a la piscina de Las Palmeras, que era donde se bronceaban. Esa época de esplendor, la mayor desde la República, durará, con algunos cambios, hasta la muerte de Franco. Aunque, a decir verdad, para entonces el *Oasis* ya había empezado, como el resto de los cabarets, su particular calvario: «Llegó la televisión, los guateques, la política, y esto se vino abajo. A los *progres* de entonces —comenta Enrique— les parecían reaccionarios este tipo de locales, cuando es todo lo contrario. Otra cosa es que están ya trasnochados...».

La transición representa, pues, el principio del fin para el *Oasis*. Desde su mirador del barrio del Gancho, que cada vez va quedando más y más abandonado (hoy, deteriorado y lleno de vallas, parece más un barrio de Grozni que el de una ciudad de España), Enrique Vázquez asiste con tristeza al declive de su local, aunque sin resignarse. Por intentarlo, lo intenta todo. Abre un club de jazz, que fracasa («En medio año perdí dos millones; debo de ser la persona que más he aportado al jazz en España»). Transforma luego el club de jazz en tablao flamenco y también fracasa («No sólo perdí dinero, sino que esto se me llenó de gitanos y había broncas todos los días; en una de ellas me pincharon en un dedo, el único incidente que he tenido en el *Oasis* en mi vida»), y ello a pesar de que llevó a todos los grandes, desde Farina o El Lebrijano hasta el mismísimo Camarón, quien, por cierto, le dio plantón tres veces, aunque al final acabó actuando. Por fin, abre un restaurante —siempre como apoyo al espectáculo— y apenas dura otro año. Al final, Enrique Vázquez, cansado, no tiene otro remedio que aceptar lo que un amigo le había dicho hacía ya tiempo: «Mientras cobres por lo que la televisión da gratis, Enrique, no tienes nada que hacer».

Así las cosas, los últimos años han sido para el *Oasis*, y para Enrique Vázquez, una agonía creciente que se ha ido haciendo más y más inevitable. Y ello a pesar del apoyo de algún amigo, desde los tres clientes (un jardinero municipal, un mecánico y un policía municipal jubilado) que han seguido acudiendo al *Oasis* cada tarde de domingo, hasta el último día, igual que desde hacía treinta años, hasta algún periodista zaragozano que, como Luis Alegre, no sólo frecuentaba el local, sino que requirió desde la prensa el apoyo del público y de las autoridades zaragozanas para que no muriera un local que era ya una institución de la cultura y la historia de la ciudad, como lo prueba el hecho de que hay ya hasta una tesis doctoral —de una estudiante francesa— a punto de publicarse. Todo fue en vano. Como antes le ocurriera al *Plata*, el viejo café-cantante, nadie hizo caso y el *Oasis*, el último cabaret que quedaba en España, excepción hecha de los dos barceloneses ya citados, los dos en manos municipales, se ha ido cayendo a cachos, olvidado de todos, comido por la humedad y abandonado a un destino que no merecía, mientras Mari Cruz Navarro, la *vedette* («Ni soy pobre ni triste; lo hago por afición»), la *Palmira* (el *travesti* que por el día es el cocinero del comedor de la Facultad de Filosofía y Letras), Merche Navarro (que, como aquél, también llevaba una doble vida: por las noches era artista en el *Oasis* y por el día verdulera en el mercado), Jesús Montilla («la voz de oro») y Moscatelli (toda una institución de la revista hispana: fue autor, entre otras muchas letras, de la de la zarzuela «Sueños de gloria» y de la de la canción «Doce cascabeles») salían cada noche, desde unos camerinos en ruinas, a actuar ante un público de cinco o seis personas con la misma ilusión de sus mejores años. Todos ellos, cada uno a su manera, sentirán en sus carnes el cierre del *Oasis*. Todos lo echarán de menos. Pero, sin duda alguna, el que más lo echará de menos es ese hombre de hablar correcto, mirada alegre, sonrisa triste y estampa de señor de los de antes que ve cómo se viene abajo lo que durante sesenta años fue su vida. Aunque recuerda aún, sentado entre las butacas, como un general sin ejército, lo que Antonio, el bailarín, que allí empezó su carrera y que un día, poco antes de morir, volvió al *Oasis* para subirse por última vez a su escenario, le dijo desde allá arriba: «Lo más bello que hay en el mundo, Enrique, es un teatro vacío». Porque él, sin querer corregir a Antonio, piensa justo lo contrario: «Lo más bello que hay en el mundo es un teatro lleno de gente».

(1995)

III. Viajes

Seis paisajes vascos

1. *La ría*

Desde la Cofradía de Pescadores de Santurce, junto a la lonja del puerto donde al atardecer se reúnen los vecinos del pueblo y algún que otro turista para ver llegar los barcos mientras degustan unas sardinas o un besugo a la parrilla, se divisa en toda su extensión el paisaje melancólico y brumoso de la ría del Nervión. Ciérvana queda atrás, oculta tras las montañas y las columnas de la autopista que une el gran puerto del Abra con las torres de Bilbao, pero su olor a salitre llega hasta el puerto pesquero mezclado con el del hierro de las minas de Gallarta (la cuna de Dolores Ibárruri) y el del petróleo que hierve junto a las playas de Somorrostro bajo las chimeneas futuristas e irreales de la refinería de Petronor. Las chimeneas no se detienen. Siguen por toda la ría, bordeando el caserío de Santurce y las ventanas de Portugalete, hasta las puertas mismas de Bilbao, apiñándose al llegar a Baracaldo y a Luchana y, antes, enloquecedoramente, en el fantasmagórico complejo de Altos Hornos de

Sestao, donde la noche se llena de fuego y el cielo de la ría se convierte en una gigantesca y humeante fundición. Entre el humo de las fábricas y el de los fuegos donde se asan las sardinas que esta tarde han traído hasta Santurce sus viejos barcos pesqueros, el viajero, mientras contempla la ría, apenas puede ver en la otra orilla las fabulosas mansiones de Guetxo y de Las Arenas, donde hasta la aparición de ETA vivían las familias más pudientes de Bilbao, y el puerto viejo de Algorta, que hoy celebra sus fiestas y tiene, por eso mismo, su cielo cubierto ahora de fuegos artificiales. Hoy como ayer, la ría del Nervión continúa dividiendo el mundo en dos mitades. A la izquierda, los pobres, los obreros, las chimeneas, las barriadas sindicales y las paredes negras de las fábricas. A la derecha, los ricos, los empresarios, los clubs privados, la Universidad de Deusto y las urbanizaciones de casas blancas. Como en una gran metáfora, la ría divide el mundo en ricos y pobres y los separa: sus escasos doscientos metros sólo pueden ser salvados en barcazas o por el mítico puente colgante de Portugalete cuyas luces tiemblan ahora justo enfrente del viajero reflejándose a la vez en el cielo y en el agua.

Pero la gente que degusta sus sardinas junto a él está ya acostumbrada. Nacieron junto a la ría o llegaron aquí hace tiempo, procedentes de toda España, para buscar trabajo en sus fábricas y no aprecian ya la raya que divide la tierra y la mirada en dos mitades. Entre el humo de las parrillas y el de las chimeneas que borra el cielo por Baracaldo, comen y ríen junto a sus aguas y, cuando acaban de cenar, regresan hacia sus casas por el mismo camino que antaño recorrían las legendarias sardineras de Santurce llevando hasta Bilbao peces azules del mar Cantábrico.

2. *Arqueología industrial*

En Bilbao, la raya se difumina y la ría se disuelve entre las casas. Son muchos puentes los que la salvan. Pero tiempos hubo, y no lejanos, en que esta enorme urbe portuaria que hoy se apiña en torno a ella y que se desparrama a un lado y a otro trepando por las montañas, era una idílica aldea formada sólo por siete calles —Artecalle, Somera, Tendería, Belosticalle, Carnicería Vieja, Barrencalle, Barrencalle Barrena y La Ronda— agrupadas en torno a la catedral del señor Santiago. Siete calles que escribieron ellas solas varios siglos de la historia de Bilbao y que aún siguen escribiéndola pese a la competencia del Arenal y de los nuevos barrios: junto a los viejos comercios de aroma rancio (zapaterías, confiterías, tiendas de boinas, de santos o de paraguas), bares no menos viejos ni menos rancios continúan reuniendo cada tarde a millares de bilbaínos amigos del *txiquiteo* y de las canciones vascas.

Bilbao es pura nostalgia. Desde la Plaza Nueva, donde cada mañana de domingo se concentran los vendedores de monedas y de pájaros (y en Navidad se convierte en el mercado grande de los *baserritarras*), hasta los barrios altos, con sirimiri o sin él, la vieja ciudad ferrona destila melancolía por todas partes. Aquellas siete calles de su origen se mancharon un día de hierro y de carbón y la ciudad se extendió a ambos lados de la ría y se llenó de grúas y de fábricas. Luego, llegaron los emigrantes. Y así, poco a poco, casi sin darse cuenta, se convirtió en el cuadro que pintara Blas de Otero en tonos negros hace más de treinta años: «Ciudad llena de iglesias / y casas públicas, donde el hombre es harto / y el hambre se reparte a manos llenas. / Bendecida ciudad llena de manchas, / plagada de adulterios e indulgencias. / Ciudad donde las almas son de barro / y el barro embarra todas las estrellas. / Laboriosa ciudad, salmo de fábricas, / donde el hombre maldice mientras rezan / los presidentes del consejo: ¡oh altos / hornos, infiernos hondos en la niebla!».

El cuadro ha cambiado poco, pero la nostalgia de Bilbao se ha acentuado. Desde que Blas de Otero escribiera ese poema, la ciudad ha seguido creciendo al mismo ritmo con que se oxidaba. La crisis económica, la reconversión naval, el abandono de los ferrocarriles y de las antiguas fábricas han ido poco a poco corroyendo la ciudad y dejando sobre ella una pátina marrón que, en las noches de lluvia como ésta, se funde con las grúas de la ría y con la hiedra que trepa por los tejados dándole a todo el conjunto un cierto aspecto británico. El viajero, al menos, así lo siente mientras, en la madrugada, camina solo junto a la ría contemplando a su paso el ayuntamiento y el teatro Arriaga (blancos, entre tanto negro, como pasteles de nata), las herrumbrosas paredes de la estación de la Naja (la del hullero y el tren del Abra), los antiguos astilleros de Euskalduna (hoy mudos y abandonados), los barracones y muelles de la gran Naviera Aznar (símbolo del desarrollo vasco) y, a lo lejos, siempre ardiendo en la distancia, las oscuras chimeneas de Altos Hornos de Sestao y la silueta del monte que domina la ciudad y que inspiró al poeta Gabriel Aresti la metáfora de la lluvia más bella que conozco y la más pura aliteración de la historia de la lengua castellana: «Y, por Archanda, helechos hechos llanto...».

3. *El bosque encantado*

El túnel de Malmasín, a la entrada de Basauri, separa por la autopista el cinturón de Bilbao del interior de Vizcaya. Las fábricas contiNúan, casi sin interrupción, hasta Durango; pero, en Amorebieta, el viajero se desvía hacia Guernica y se interna en pleno campo. En Guernica está ya el árbol sagrado y, casi bajo sus ramas, Cortezubi (el pueblo cuyo alcalde organiza cada poco concursos estrafalarios: de cabezones, de feos, de *rallies* de caracoles, de partir nueces sentándose) guarda, entre otros secretos, la puerta de dos lugares de gran significación para todo el pueblo vasco: Santimamiñe, las cuevas donde vivieron y dejaron sus pinturas los primitivos vascones hace ya 13.000 años, y, a su lado, en el valle de Oma, el bosque que Ibarrola dejó encantado.

Hoy es sábado y las cuevas de Santimamiñe todavía están cerradas (no abrirán hasta las cinco de la tarde), pero, en el caserío Lezika, construido en 1761 y trocado, por mor de los turistas, en moderno restaurante, docenas de visitantes y de vecinos de los caseríos cercanos (la mayoría de los cuales bien podrían, por sus cabezas, competir no sólo en los concursos de Cortezubi, sino también con sus antepasados de las cuevas) comen animadamente bajo el emparrado fresco de los árboles. El viajero hace lo propio —y recomienda a quien le siga el exquisito flan de la casa— y, tras cabecear un poco, toma el camino de Oma buscando el bosque encantado.

En realidad, en Euskadi, todo el bosque está encantado. Desde las altas cumbres del Gorbea o del valle de Arratia, donde viven las brujas y las lamias (las bellísimas hadas de las fuentes que ocultan bajo sus ropas sus siniestros pies de ganso), hasta las suaves selvas de la costa, llenas de bruma en invierno y de pájaros azules en verano, todos los bosques de Euskadi conservan el misterio primitivo de una cultura antiquísima que nació precisamente en las montañas. Pero en Oma, un minúsculo y hermoso valle con apenas seis o siete caseríos en el centro y rodeado de pinos por todas partes, el hombre le ha añadido aún más misterio y lo ha llenado de magia. Ibarrola, un escultor-obrero de la margen izquierda de la ría que llegó aquí huyendo de la contaminación y de la fábrica, lo ha pintado por entero con colores y con formas que sólo existen en los sueños y en las esculturas vascas: ojos, olas, corazones, figuras antropomórficas y de animales. Por ellas, el bosque mira, se mueve, habla. En ellas, el bosque cobra la vida que quizá tuvo en un tiempo, pero que había olvidado. Sumido en ese delirio, y viendo abajo, en el valle, el pequeño caserío de Ibarrola dormido bajo los árboles, el viajero, mientras desanda el camino, no puede menos que recordar aquella vieja canción que el poeta vasco-francés Elizamburu escribiera hace ya años: «Ikusten duzu goizean,

/ arguia hasten denean, / menditxo baten gainean / etxe txikito ainztin xuri bat / lau haitz andiren artean, / txakur xuri bat atxean / iturriño bataldean? / Han bizi naiz ni bakean» (¿Ves al amanecer, / en lo alto de la montaña, / un caserío muy blanco / en medio de cuatro robles, / un perro blanco a la puerta / y al lado un pequeño arroyo? / Allí vivo yo en paz»).

4. *Veraneos donostiarras*

La línea del veraneo vasco comprende toda la costa, desde Bermeo a Fuenterrabía, e incluso algunos pueblos del interior, pero tiene su epicentro en las playas guipuzcoanas y, fundamentalmente, en San Sebastián. Desde que el infante Francisco de Paula Antonio, hermano de Fernando VII, y su esposa Luisa Carlota de Nápoles (que fue, según la leyenda, la que inauguró la moda de los baños en el mar) la visitaran por vez primera, y, sobre todo, desde que, a finales del pasado siglo, la reina María Cristina la eligiera, entre todas las ciudades españolas, para las vacaciones de la familia real, San Sebastián ha sido tradicionalmente la capital del veraneo aristocrático y de la *belle époque*.

Restos de ese veraneo romántico pueden verse todavía en la villa de Zarauz, donde continúan teniendo sus casas de veraneo las principales familias vascas y algunas otras de Pamplona y de Madrid (aunque, por temor a ETA, ya apenas aparezcan por allí), en los decimonónicos hoteles de Donosti, como el María Cristina o el de Londres (fundado en 1881 y en el que pasó su última noche la reina Isabel II antes de partir a Francia) o en el viejo balneario de Cestona, en las orillas del río Urola, que fue el más famoso de España en tiempos, junto con el de Panticosa, por las propiedades terapéuticas de sus aguas y por su gran esplendor, y que aún conserva, pese a su decadencia, sus antiguos salones y bañeras y hasta su loco particular: un viejo estrafalario con pendiente en la oreja y pulsera de oro en el tobillo que pasea en calzoncillos y en babuchas durante toda la noche por los jardines del hotel. Pero, en lo general, los veraneos guipuzcoanos apenas se distinguen ya de los demás. Bajo los acantilados de Motrico o de Guetaria o bajo los tamarindos de San Sebastián, los bañistas que se apiñan en las playas o suben al monte Igueldo para contemplar la Concha y los barcos desde allí, sólo recuerdan a sus antepasados en su fidelidad al mar Cantábrico y a los colores blanco y azul, esos colores míticos que pintan todos los toldos, todos los trajes de baño y todas las sombrillas de San Sebastián y que incluso han sido llevados, no sé si por casualidad, hasta las camisetas y los calzones del equipo de fútbol de la ciudad: el azul del mar de Zumaya y el blanco de las nubes de Zarauz, el azul del cielo de Deva y el blanco de la playa de San Sebastián.

Desde hace ya algunos años, y a pesar de los donostiarras, que se resignan a verlo así, el veraneo de élite, como el viajero esta tarde, se ha ido lejos de allí: a Hondarribia, junto a la *muga*, y al otro lado de ésta, a Biarritz y a San Juan de Luz. El temor al terrorismo y la mayor calidad de vida en Francia lo han determinado así. Sólo allí, junto a la ría del Bidasoa, al pie de la Isla de los Faisanes y lejos de la contaminación, es posible hallar aún aquellos viejos veraneos guipuzcoanos que duraban tres meses y que al poeta Gabriel Celaya, donostiarra sin patria y vasco de todo el mundo, le hicieron escribir: «La mar rompe en Tximistarri. / ¡Qué brisa del nordeste! / Hoy podremos bañarnos y seremos felices / confundidos con la mar y con los dioses...».

5. *El Goierri*

Toda Euskadi, desde Bilbao a Hondarribia y de Hondarribia a Gasteiz, es un enorme mural. Un gran mural pintado en trazos rojos y negros (con esporádicos brochazos blanquiverdes, los colores de la *ikurriña* que saluda al viajero, junto con el *Ongi etorri*, al llegar a cada pueblo) que ocupa rótulos y paredes y que se sucede, casi sin interrupción, por los andenes de las autopistas y de las carreteras: *Erregeak kanpora* (Reyes fuera), Toreros asesinos, *Independentzia*, Autovía no, *Insumisioa*, *Xabi gudari*, Aitor ama a Begoña, Amnistía, *Gora ETA*... Pero donde el gran mural adquiere su mayor intensidad y consistencia, hasta borrar el paisaje y ocuparlo por entero, es en los altos valles industriales del Goierri.

El Goierri, en el interior de Guipúzcoa, tiene a gala ser la cuna del nacionalismo obrero, por contraposición al burgués de las ciudades y al socialismo español de la margen izquierda, y, quizá por eso mismo, ha sido y sigue siendo la gran cantera de ETA. El viajero lo sabe, pero lo percibe más claramente al llegar a Tolosa (la que fuera capital de la provincia antes que San Sebastián y hoy lo es de la industria papelera) y subir junto a un río Oria putrefacto y maloliente hasta Villafranca de Ordizia y Beasain, ya en pleno corazón de Euskadi y del Goierri. En Ordizia, el pueblo de *Artapalo*, el actual jefe de ETA, el viajero se para a comer y a dar a la lengua. Pero, en el *batzoki* del pueblo, donde hace lo primero (y magníficamente, por cierto), la cocinera enmudece en cuanto saca el tema, y la plaza donde mataron a *Yoyes* —la etarra que se acogió a las medidas de reinserción del Gobierno y volvió a su tierra— está desierta por completo en esta hora caliente de la siesta.

Beasain está pegado a Ordizia, rodeado de fábricas y sin nada que hable ya de su remota historia, salvo el dolmen de Larrarte y los túmulos de Trizuazki y Besagain, en las afueras del pueblo, y, en Urretxu, sólo una placa recuerda que aquí, a los pies del monte Irimo, nació José María de Iparraguirre, el compositor del *Guernikako arbola*, el himno nacional de esta tierra. Por Zumárraga, ya de nuevo en el río Urola, el que baña el balneario de Cestona y muere en Deva, el humo de las fábricas y el polvo de las canteras apenas deja ver la torre de la iglesia y, en Legazpia, las nuevas siderúrgicas rodean y extrangulan a la más vieja de ellas (la ferrería de la Mirandola, construida en el siglo XVI y considerada la pionera) y el propio casco del pueblo. Justo lo contrario que en Vergara, la del histórico abrazo, donde la gente pasea o toma café a la sombra de sus olmos y casonas solariegas, aunque el viajero espere a hacerlo en Mondragón, la ciudad de las cooperativas y del sindicalismo obrero cuyo nombre va ya unido para siempre al de Domingo Iturbe Abasolo, anterior jefe de ETA, que aún cubre muchas tapias y paredes, y al de Cánovas del Castillo, que aquí murió asesinado mientras trataba de reponerse de sus múltiples achaques con las aguas sulfurosas del balneario del pueblo. Aunque, en el bar de la plaza, donde el viajero toma café bajo una gran *ikurriña* y un cartel con el hacha y la serpiente, la gente sólo recuerde, evidentemente, al primero.

6. *La llanada alavesa*

Desde la terraza del Parador Nacional de Argomániz (antigua casa-palacio de los Larrea), se divisa en toda su extensión la gran llanada alavesa. Bajo la sombra de las higueras y ante una copa de vino de Labastida o Bernedo, en los atardeceres de verano como éste, el cielo se vuelve malva y el viajero se relaja tras su penoso peregrinaje por los atormentados valles del Goierri. Hoy ha sido un día caluroso, y ahora, con la caída del sol, las montañas se deshacen en azules y el campo flota en la bruma que se extiende mansamente desde Nanclares a Salvatierra. Alrededor del viajero todo está quieto y en calma, sumido en la penumbra y en el silencio. Pero, a lo lejos, en los confines de la llanada, las luces de Vitoria, que se acaban de encender, reclaman ya su presencia.

Esta noche es, además, la Virgen Blanca, la fiesta grande de la capital de Euskadi y de la tierra alavesa. El Celedón ya bajó hace dos días desde el balcón del ayuntamiento y, hoy, los vitorianos estrenan las blusas que lucirán ya durante todas las fiestas. Así que, cuando el viajero llega, se encuentra la ciudad llena de gente y las calles convertidas en un desfile incesante de charangas y de orquestas. Por la tarde, en el frontón, ha habido encuentros de pelota y, en la plaza, antes de la corrida, exhibición de deportes vascos (*aizkolaris*, *bersolaris*, *arrijosekas* y arrastre de piedras con bueyes) y los mozos están contentos. Por la Cuchillería abajo, hacia la Catedral, pasan cantando y bailando agrupados en cuadrillas y regando con sus botas, al pasar, a la gente que les mira o que simplemente está sentada en las terrazas de las cafeterías viendo los fuegos artificiales o escuchando a las orquestas. El viajero, a duras penas, consigue sortear a varias de ellas y, por la Cuchillería abajo, se aleja del corazón de la fiesta y se va a cenar al Portalón, un viejo edificio del siglo XV hecho en ladrillo y madera, donde se exponen esculturas de los mejores artistas vascos y donde ofrecen al caminante la mejor cocina de esta tierra.

A la mañana siguiente, cuando el viajero despierta, la ciudad está desierta por completo. Todavía les dura a los vitorianos la resaca de la fiesta. Fuera de la ciudad, mientras tanto, algunos labradores se afanan en los campos y, por la carretera, camino de Castilla, el viajero se cruza con múltiples tractores que van y vienen. A su derecha quedan las montañas de Vizcaya que el otro día cruzó cuando venía y, a su izquierda, en dirección al Ebro, los rojos campos donde se doran las uvas del *rioja* de la próxima cosecha. Cerca ya de Miranda, el viajero se despide de la llanada alavesa. Un enorme letrero, al pie de la carretera, le anuncia en castellano y en euskera que aquí acaba el País Vasco y comienza la meseta. Si algún día el País Vasco llegara a ser independiente, como algunos vascos pretenden, ésta sería, junto con la de Hendaya, su principal frontera. Pero, ahora, lo único que hay junto al letrero es un rebaño de ovejas y dos coches de emigrantes marroquíes que se han parado a descansar en la cuneta.

(1991)

León, la bella desconocida

Esta vieja ciudad apta tan sólo, por la aspereza del carácter de sus gentes y el rigor de su clima, «para bueyes y algún que otro canónigo» (según célebre frase del obispo Luis Almarcha, el mismo que en su pueblo de Orihuela costeara la edición de los primeros versos de Miguel Hernández), sigue siendo en efecto, como reza el eslogan, *la bella desconocida*. A la sombra de su Catedral, rodeada de recias murallas y varada como un barco entre dos ríos (el Bernesga y el Torío, que la llenan de niebla en invierno y le traen las frías aguas del deshielo de Pajares y Piedrafita), dos caminos (el de Santiago y el real de Asturias) y, ya pronto, dos milenios (los que cumplirá el próximo siglo, más o menos hacia el año 2070, pues es en torno al 70 del primer siglo de nuestra era cuando los historiadores fijan la llegada a este lugar de la legión romana que le dio origen: la Legio VII Gémina, enviada por Galba para custodiar el oro de las minas de Las Médulas y combatir a las tribus astures), León sigue ostentando todavía, a pesar de los siglos, un cierto aspecto de campamento o de retablo gótico con olor a sacristía. Sea por ello o por la propia incapacidad de los leoneses para sacar su ciudad del anonimato e introducirla en las grandes rutas turísticas, lo cierto es que ésta sigue quedando a desmano de todas e incluso quienes por su cuenta la visitan se van muchas veces de ella sin haberla conocido realmente.

Los escasos turistas que llegan a León (excepción hecha, claro está, de los millares de peregrinos que cada año atraviesan la ciudad camino de Compostela sin detenerse nunca en ella más de un día) se limitan normalmente a visitar la Catedral y, como mucho, se acercan luego a contemplar por fuera San Isidoro y la fachada plateresca del Hostal de San Marcos antes de seguir su ruta. Pero, si es cierto que la Catedral de León (esa alucinación del arte gótico, levantada sobre unas termas romanas y sobre los cimientos del palacio del rey Ordoño II, que alberga entre sus ojivas casi 1.800 metros cuadrados de vidrieras a cuyo través la luz se filtra en música) merece por sí sola una visita, no es menos cierto que lo mismo sucede con San Isidoro, la cuna del románico español en cuyo interior se guardan, entre otras muchas joyas, el cáliz de la reina Doña Urraca (que, al decir de algunos estudiosos, guarda ciertas afinidades con el del Santo Grial), el panteón de los Reyes (en el que reposan los restos de los veintitrés monarcas que, como ensalza su himno, León tuvo antes que Castilla leyes) y la llamada *Capilla Sixtina* del románico español (el conjunto de frescos que cubre las bóvedas bajo las que aquéllos duermen y que incluye, junto a distintas escenas del Evangelio, el más hermoso calendario que nunca el hombre haya pintado antes de hoy), y con el propio Hostal de San Marcos, que antes que hotel fue convento y hospital de peregrinos y, entre medias, cuartel y seminario y hasta cárcel; la más dura, por cierto, de nuestra última guerra civil. Que se lo pregunten, si no, a los escasos supervivientes que, como Quevedo siglos antes, allí cumplieron sus condenas bajo las mismas lujosas habitaciones en las que se reponen del cansancio del camino los modernos peregrinos de hoy.

Pero los atractivos de esta ciudad gótica y triste —la más triste de España en opinión del viajero romántico inglés Richard Ford— no concluyen ahí. Aunque la Catedral, San Isidoro y San Marcos son los tres monumentos más conocidos y los que normalmente visitan los turistas que llegan a León, una vuelta a la ciudad les descubrirá otros menos famosos, pero no por ello de menor interés. Al lado mismo de la Catedral, y abrazando todavía casi entero el perímetro de su casco antiguo, el viajero descubrirá, por ejemplo, una de las murallas mejor conservadas y más bellas de todo el país. De su primitiva construcción romana tan sólo queda ya la base de la torre de los Ponce, junto a la Plaza Mayor, tras su destrucción completa en el siglo XI por las tropas de Almanzor, pero, bordeándola, podrá imaginar aquel campamento romano que fue en su origen León y contemplar la solidez y fortaleza de sus cubos y la belleza de las puertas que la guardaban cuando la ciudad aún no se había desbordado al exterior: la del Obispo, junto al palacio del obispado, desde la que en verano los leoneses gustan de contemplar las evoluciones de las cigüeñas que anidan y sobrevuelan constantemente la Catedral; la del Castillo, llamada así por ser vecina del castillo que durante muchos años sirvió de cárcel y hoy guarda el archivo histórico de la ciudad; y la de la Moneda, de la que sólo quedan ya los lienzos colindantes, pero que sigue dando acceso a la Rúa de los Francos, la vieja calle por la que los peregrinos, después de cambiar moneda, entraban en León.

Dentro de las murallas —o de su antiguo trazado—, una serie de edificios y rincones aconsejan asimismo prolongar el paseo por León. Sin intención exhaustiva, y siguiendo un gusto puramente personal, recomiendo al viajero, en primer término, la visita al conjunto de edificios de muy distintos estilos, pero de muy estrecha y caprichosa vecindad, que ocupan el centro mismo de la ciudad: el palacio de los Guzmanes, réplica del de Monterrey de Salamanca (renacentista por tanto) que acoge actualmente la sede de la Diputación, el antiguo Casino —ocupado actualmente por un Banco—, de diseño modernista y muy hermosa fachada, y la Casa de Botines, la fantasía de piedra que, por encargo de un comerciante al que apodaban *Botines* porque había hecho su fortuna vendiendo ese calzado de mujer, el catalán Antonio Gaudí dejó a los leoneses como recuerdo de su paso por León. No muy lejos de allí, junto a la calle Ancha, la que fuera hasta hace poco la arteria urbana más importante, como aún recuerdan viejos cafés y comercios y algún que otro edificio de resabios *belle époque*, el palacio de los Condes de Luna puede pasar inadvertido, pese a su importancia histórica (sus fundadores fueron, en la Edad Media, la familia más poderosa de todo el Viejo Reino de León), por la indolente y torpe servidumbre que aún arrastra al día de hoy: bajo su torre italianizante, una trapa sigue anunciando que el antiguo palacio es ahora un almacén de frutas.

Por fin, entre callejas y soportales, el viajero accederá a las dos grandes plazas de la ciudad: la Mayor, del XVII, en la que alza sus muros el antiguo Consistorio (popularmente conocido como *La Gota de Leche*) y en la que se celebra todos los sábados un mercado campesino y popular, y la del Grano, solitaria y empedrada tras su abandono como lugar de mercado de cereales —que de ahí le viene el nombre— y, para quien esto escribe, el rincón más hermoso y sorprendente de León. Entre las dos, otra plaza —la de las Tiendas— y el laberinto de callejuelas que de ella nacen (Don Gutierre, Plegaria, Azabachería, Zapaterías, Matasiete) acogen en sus portales los más de trescientos bares que le han dado al casco antiguo el pintoresco nombre de *Barrio Húmedo* y en los que los leoneses pasan hablando y bebiendo vino buena parte de sus vidas. Mirándolos, el viajero podrá entender el verdadero espíritu de un pueblo cuya apariencia seca y adusta suele engañar. Tras su capa de estameña rigurosa y su tópica y distante seriedad, el leonés ha escondido siempre un espíritu sarcástico y burlón. Quizá ello explique, por ejemplo, entre otras cosas, que, siendo como es conservador, le haya dado al país tres de sus anarquistas más importantes (Buenaventura Durruti, Pestaña y Abad de Santillán) o que, pasando por serio, haya alumbrado invenciones tan delirantes como la de darle a su equipo de fútbol el nombre de Cultural (por lo que posiblemente sigue en Tercera, lo mismo que la ciudad) o como el vía crucis báquico, irreverente y sacrílego del *Entierro de Genarín*.

(1992)

Madrid, del cero al cielo

1

Cuando me vaya de Madrid (si es que alguna vez me voy del todo), lo que realmente echaré de menos de esta ciudad será su cielo. Ese cielo que, según dice el refrán, es lo único que hay ya por encima de ella.

Desde que lo vi por vez primera, desde la boca del túnel del Guadarrama, una noche ya lejana de septiembre (tenía yo doce años y era la primera vez que viajaba tan lejos de mi tierra), el cielo de Madrid me fascinó y desde entonces no he dejado de mirarlo un solo día ni de sentir al hacerlo la misma fascinación que me causó aquella noche cuando surgió al final del túnel como la pantalla de un cine inmenso que se hubiese iluminado de repente.

Azul cobalto o rojo en el verano, negro bajo las tormentas, del color de los membrillos en otoño o metálico y frío en el invierno, el cielo de Madrid tiene siempre en todo tiempo esas manchas desvaídas y dispersas que parecen pinceladas de un pintor y que le hacen distinto a todos los demás cielos: los famosos azules y rosas velazqueños. Porque, al final, es verdad que la naturaleza imita al arte y, así, los cielos de las ciudades acaban siempre pareciéndose a los de los cuadros de los pintores que se inspiraron en ellos: el de Berlín es oscuro como en los lienzos de Friedrich, el de Arlés amarillo y sepia como en los de Vincent van Gogh, el de Roma azul y blanco como en los frescos de Miguel Ángel y el de Giverny malva como en los de Claude Monet. Del mismo modo, el de Madrid es azul y rosa, no tanto porque lo sea como por imitación de los que Velázquez pintó en sus lienzos.

Ese cielo de Madrid, que como yo una noche desde la boca del túnel del Guadarrama otros lo habrán descubierto viniendo por los llanos de La Mancha, por las colinas de Guadalajara o por los montes de Ávila, es el que guarda los sueños de todos los madrileños y de quienes, sin ser de aquí, cada día llegan a esta ciudad para conquistar el cielo. No el que nos cubre, ése que podemos ver de manera gratuita nativos y forasteros, sino el que debajo de él quien más o quien menos tiene. Porque a Madrid, al contrario que a otras ciudades, la gente viene para conquistar el cielo.

Para unos, el cielo es la simple supervivencia o el bienestar económico que les negaba su tierra; para otros, es el triunfo personal o la independencia y la libertad que sólo la gran ciudad todavía hoy puede ofrecernos. Pero para todos, sin excepción, en Madrid existe un cielo, y si, como el Diablo Cojuelo hiciera, también nosotros pudiéramos alzar los tejados de las casas de Madrid y mirar dentro de ellas, veríamos hasta qué punto todos en esta ciudad vivimos esa quimera. Veríamos al joven que abandonó su provincia huyendo del control paterno y al padre que lo hizo en busca de un futuro mejor para sus hijos, al empresario triunfante y al campesino sin tierra, al político en ascenso y al artista que llegó buscando el éxito, al que pretende olvidar y al que vino tras las huellas de un recuerdo. Todos juntos y mezclados por sus calles, corriendo de un lado a otro y zumbando día y noche como en una gran colmena. La colmena de una ciudad que no tiene fronteras ni otro techo conocido que su cielo.

Al final, como siempre sucede, sólo unos pocos alcanzarán su sueño (e incluso algunos, cuando eso ocurra, ni siquiera se darán cuenta) y los demás seguiremos aquí persiguiendo los nuestros, sin fuerzas ya para abandonarlos, pero tampoco para creer en ellos, y, a lo peor, sin haber comprendido que el verdadero cielo de Madrid lo teníamos todos desde el principio al alcance de los dedos. Porque el refrán, aunque famoso, está mal hecho. No es de Madrid al cielo. En todo caso, y no es poco, de Madrid el cielo.

2

Seguramente mejor que nosotros han entendido esto los extranjeros, tanto los que nos visitan ahora, que han descubierto en las guías la belleza de los cielos de Madrid y enseguida buscan el modo de contrastarla con el auténtico, como aquellos que llegaron hace siglos en larguísimas jornadas de camino a lomos de mula o de diligencia y que, desde Chamartín, descubrían la ciudad, como el inglés Michael Quin, «como Palmyra en mitad del desierto».

¿Qué otra cosa, si no, podrían recordar de esta ciudad aquellos esforzados pioneros cuando sus alrededores eran un erial sediento y dentro sólo encontraban suciedad y mugre y miseria?: «Madrid, cloaca de inmundicias, / morada detestable y hedionda, / en ti no se respira más que polvo / pues en todo momento has de tener / las narices metidas en tabaco / si no quieres morir envenenado», escribió en tono burlesco un anónimo viajero antes de que Richard Ford la describiera como «la carroña que atrae a las bandadas de buitres» o de que Davillier, que encontró ya la ciudad acicalada por las reformas que en materia de limpieza y salud pública emprendió Carlos III, resumiera en su cuaderno las impresiones de otros viajeros: «Todos están de acuerdo en hacer un cuadro deprimente de Madrid. Uno asegura que es la ciudad que peor huele del mundo y otro afirma que, sin las abominables inmundicias que apenas dejan paso a los peatones a lo largo de las paredes, la habría considerado la más bella ciudad de Europa. Éste dice que los madrileños perfuman cada día la ciudad con lo que sale de las bacinillas y aquél señala que el repugnante olor que la invade le hace arrepentirse a cada hora de haber venido a ella». Davillier, quizá por no cargar las tintas, apenas añadió nada de su cosecha, pero años más tarde, y ya en pleno siglo XX, el mismísimo León Trotski, que pasó por Madrid en su exilio de la Unión Soviética, volvía a incidir en el tema: «Cuando, al llegar a una nueva ciudad, una multitud de gente os arrebate la maleta de las manos y, al mismo tiempo, os propongan limpiaros las botas —un *limpia* para cada uno—, comprar periódicos, cangrejos o cacahuetes, podéis estar seguros de que la ciudad deja bastante que desear desde el punto de vista sanitario, de que hay mucha moneda falsa en circulación, de que las tiendas cargan los precios sin piedad y de que las chinches abundan en las fondas».

Madrid, ciertamente, ha tenido mala prensa. Este poblachón manchego, mezcla de Navalcarnero y Kansas City en palabras del

Nobel Cela, ha pasado por la historia dejando tras de sí una estela de miseria. Quizá su emplazamiento, en mitad del pobre páramo que, tras su deforestación, reemplazó a los bosques en que, al decir de los entendidos, durante millones de años pastaron elefantes y bisontes, y ciervos, y toros bravos, e incluso el oso que hoy campea en sus escudos, o quizá su propio origen, que aunque algunos han querido remontarlo hasta el de la fundación de Roma o, como López de Hoyos, basándose al parecer en unas inscripciones ilegibles encontradas en unas láminas de plata junto al arco de Santa María, a la mismísima época de Babilonia, data sólo de hace diez siglos, cuando el rey de León Ramiro II arrebató a los moros la alcazaba militar que aquí existía, no le permiten otra grandeza ni otra pureza de sangre que las que cada uno de nosotros le conceda o le descubra. Madrid, al fin y al cabo, es la ciudad más joven de España y, por lo tanto, y a pesar de ser Corte, la más humilde.

Madrid, por ejemplo, ni siquiera tiene río. Es, de hecho, la única gran metrópoli del mundo que no nació junto al mar o a la orilla de un gran río. El Manzanares, el pobre arroyo serrano que apenas logra ver su cauce lleno en primavera —y eso contando con que llueva—, ha servido más para burla de sus detractores que para recreo y orgullo de sus vecinos. Y lo mismo, exactamente, le sucede con su historia, que, aparte de ser modesta, no empieza prácticamente hasta hace solamente cuatro siglos, cuando Felipe II estableció aquí su Corte con intención transitoria (mientras durasen las obras de El Escorial), aunque al final no se fuera nunca.

Así que Madrid ha tenido que ir haciéndose a sí misma en poco tiempo, con la humildad del recién llegado y entre el recelo de otras ciudades que, con mucha más historia y tradición, la consideran aún una advenediza y le recuerdan cada poco que, si es la capital de España, es por capricho de un rey y no por méritos propios, como lo demuestra el hecho de que no sólo no tiene río, ni historia, ni catedral, ni prácticamente industria, sino que todavía hoy, y pese a todos sus privilegios, continúa sin ser oficialmente una ciudad, sino una villa. De todo lo cual le ha quedado a Madrid un cierto aire de pueblo, un grandísimo complejo —que intenta disimular con sus ostentaciones de nueva rica y sus provincianas ínfulas de posmoderna—, una cierta prepotencia —quizá como afirmación— y una vocación de puerto o de ciudad de paso que no le pregunta a nadie quién es o de dónde viene. Que es, dicho sea de paso, lo que más les gusta de ella a los forasteros.

Mal lo podía hacer, la verdad, una ciudad como ésta que tiene en su población gente de todos los sitios y que, a falta de los suyos, ha tomado como símbolos cuatro inventos extranjeros: el organillo napolitano, el bombín inglés, el *schotis* alemán y el mantón de Manila filipino que popularizó una célebre zarzuela, esa ópera plebeya que es su única creación autóctona junto con la *movida* y el acento *cheli*. Madrid no le pide antecedentes a nadie porque tampoco ella los tiene y porque, aunque quisiera hacerlo, se lo impedirían los propios madrileños, que, salvo casos aislados, han nacido en Barcelona, o en Gijón, o en Pontevedra. Lo que explica, por ejemplo, que su presidente actual sea cántabro, sus dos últimos alcaldes andaluces, su arzobispo vasco y hasta los presidentes de sus dos equipos de fútbol dos *charnegos* (gallego el del Real Madrid y soriano el del Atlético), o que sus escritores más representativos, aparte de Mesonero, sean un vasco (Baroja), un canario (Galdós) y un gallego (Valle-Inclán), cosa impensable tan sólo en cualquier otra ciudad de este país tan reacio a dejarse conquistar por los de fuera.

Y es que Madrid es y ha sido siempre la negación de los localismos y las trincheras. Se advierte en su población, que es de algún modo el resumen de los distintos pueblos de España —de sus costumbres y caracteres— y se advierte, sobre todo, en su arquitectura, que, al haber ido avanzando en oleadas, como los cementerios, participa de todos los estilos (salvo del gótico, que está reñido con ella) y bebe en todas las fuentes.

La arquitectura de Madrid se caracteriza precisamente por su diversidad y su incoherencia. Fuera de algún pequeño grupo de edificios, como las viejas corralas o los pequeños hotelitos modernistas de Arturo Soria y Alfonso XIII, y de algún barrio concreto, la ciudad es un pastiche de tendencias y de estilos muy diversos. Uno puede, en apenas unos metros, pasar del siglo XV al XIX, del realismo cutre franquista al diseño posmoderno del final del siglo XX. Las guías, como es lógico, cuentan sólo lo mejor —y, al hacerlo, hacen recuento de sus mejores momentos: la época de los Austrias, la de las fuentes borbónicas, la de la construcción del Canal de Isabel II o la del desarrollismo de los sesenta—, pero la verdad es que Madrid es un pastel mal cocido, y peor recalentado con el tiempo, lo que hace que el turista tarde tiempo en orientarse y en tomarle la medida a esta ciudad que es más plural de lo que parece. Por algo los españoles dicen siempre los Madriles, y no Madrid, para referirse a ella.

Teóricamente, el centro de la ciudad está en la Puerta del Sol, en el mojón que señala el epicentro de España y su kilómetro 0 (aunque los entendidos dicen que está un poco más al sur, en el Cerro de los Ángeles), en el cogollo de lo que fuera la ciudad originaria cuando al establecerse aquí la Corte tenía, según las crónicas, solamente 3.000 almas y más o menos los mismos cuerpos. Pero de aquel Madrid primitivo ya sólo queda el recuerdo —y, por la Plaza Mayor, un cierto aroma lejano de artesanos y de orfebres— y, aunque el reloj de la Puerta del Sol sigue marcando la hora (a Madrid y a toda España, sobre todo en Nochevieja), hace ya muchos años que el centro de Madrid se ha desplazado a la Gran Vía, que es la calle de los cines y el comercio.

La Gran Vía es algo así como el Broadway madrileño. No es el eje de Madrid, que está en el Paseo del Prado y en su prolongación de la Castellana, con el centro en la Cibeles, ni, pese a su nombre, es grande siquiera, pero en sus aceras late el corazón de la ciudad y es muy difícil no pasar por ella alguna vez al día, sobre todo si uno está desocupado o acaba de llegar de fuera. Trufada de modernismo y de escaparates, sestea durante el día bajo el constante ir y venir de coches y peatones, pero, al caer la noche, se llena de fuegos fatuos y de neones que anuncian grandes estrenos, espectáculos de variedades y salas porno. Y, también, por sus aceras, de prostitutas y tipos patibularios que otean en las esquinas la salida de los cines y de la gente que acude a tomar copas a Chicote. Lo que no impide que los madrileños sigan acudiendo a ella —aunque a partir de una hora prefieran hacerlo en taxi—, como no le impidió a Antonio López instalar allí su caballete muchos años (frente al edificio de La Unión y el Fénix) para pintar la luz de sus amaneceres, que es la misma que pintó Velázquez.

La luz azul y rosa de Madrid se puede ver también, del otro lado de la Gran Vía, desde la Plaza de España (especialmente desde los áticos que coronan las dos torres que se consideraron en su momento los primeros rascacielos de Madrid y que hoy apenas logran destacar en la distancia), y mejor, y con más perspectiva, desde el Palacio de Oriente, que nadie sabe por qué se llama así, puesto que está al oeste, y que parece haber sido erigido donde está (en el mismo lugar en que se hallaba la primitiva alcazaba árabe de Magerit) con el fin de que los reyes españoles pudieran retratarse con el telón de fondo del Manzanares y del paisaje de encinas de la Casa de Campo.

Cerca de allí, en la Cibeles, el cielo de Madrid se rompe en cuatro gajos: uno baja hacia el sur por el Paseo del Prado, hacia la estación de Atocha y Andalucía; otro gira hacia el oeste, hacia la Casa de Campo y Extremadura; otro sube hacia el Retiro, hacia Alcalá y el Mediterráneo, y el último se desliza por Recoletos en dirección al norte, hacia los bulevares de la Castellana y hacia los rascacielos de la calle Orense donde Madrid, antes de despedirse de sí misma, ha querido ser Manhattan.

El del Paseo del Prado es el cielo más hermoso de Madrid, pero también el más ignorado. La mayoría de los turistas van a verlo en el Museo, en la ficción fugaz e imperturbable de los cuadros o en las láminas de Goya y de Velázquez que los gitanos les venden a la entrada junto con abanicos y carteles de toros o de flamenco, olvidando que también lo tienen fuera, enredado en las torres de los Jerónimos y en el tridente de la fuente de Neptuno y partido en mil pedazos en los espejos de las ventanas del Ritz y el Palace. Aunque en los últimos años el ascensor de cristal del Centro Reina Sofía, que es visita obligada después de la del Prado, se lo muestre de golpe en toda su belleza mientras van dejando abajo los tejados de Atocha y de la calle Huertas y los vecinos árboles del Jardín Botánico.

El del Retiro es más limpio, pero también más cambiante. En verano es azul como su propio estanque, en primavera verde, en el invierno blanco y en el otoño amarillo como las hojas de los árboles. La pérgola del lago del Palacio de Cristal o las escalinatas del monumento a Alfonso XII o de la Casa de Vacas son buenos sitios para mirarlo, aunque los madrileños gustan de hacerlo sentados en las terrazas de los quioscos que rodean el estanque y en los parterres y rosaledas que hay junto al Ángel Caído (la única estatua, por cierto, que hay en el mundo al diablo) mientras se toman un aperitivo y contemplan con desgana a los que pasan. Al fin y al cabo, cualquier paisaje gana con un vino en la mano, sobre todo si, como escribió Ramón de sus paisanos, a lo único que aspira el que lo mira es a conservar el mayor tiempo posible la ceniza de su cigarrillo sin que se le caiga.

A partir del Retiro, y en dirección al norte, Madrid empieza a elevarse. Lo hace ya en la torre de Valencia, monumento al mal gusto y a la especulación urbana (aparte de tapar la perspectiva de la Puerta de Alcalá, que es el símbolo en piedra de Madrid junto con la Cibeles y la fuente de Neptuno, rompe la homogeneidad del barrio de Salamanca), y continúa haciéndolo a través de éste, que es el barrio de los ricos y también, por eso mismo, el de los secuestros y los atentados. El que le costó la vida a Carrero Blanco, el almirante/delfín de Franco, le llevó a volar por los aires y a saltar dentro del coche por encima de un tejado, aunque existen fundadas dudas de que quisiera subir al cielo sin pasar antes a despedirse por El Pardo. Para subir al cielo, mejor lo hubiese hecho desde cualquiera de las torres de

Colón, que es lo que quizá quería Ruiz Mateos, su constructor y primer propietario, o desde los rascacielos de la Castellana, aunque hoy los mejores lugares para intentarlo son el célebre *Pirulí*, que es como los madrileños llaman a la torre de la Televisión que las autoridades llaman Torrespaña, o ese Faro de secano que Madrid ha levantado en la Moncloa, más que para conmemorar el 92, para intentar divisar el mar desde la Ciudad Universitaria. No lo ha logrado; pero desde su altura los madrileños y los turistas podemos ver, a cambio, en toda su grandeza y extensión, el inmenso mar de casas y tejados de esta ciudad que ha pasado en apenas medio siglo de un millón de habitantes a cuatro y que en su avance ha tragado, como si fuera un volcán, sus antiguos suburbios y arrabales y los pequeños villorrios que la rodeaban. Villorrios que ahora son barrios (o urbanizaciones de *yuppies* y de chalés adosados) y que cobijan en sus colmenas los sueños de los cientos de miles de personas que llegaron a Madrid, para conquistar el cielo, en los últimos treinta años.

3

En los últimos treinta años, como su apariencia externa, Madrid ha cambiado mucho. Mucho más, en cualquier caso, de lo que a veces piensan sus habitantes.

Para empezar, Madrid ya no es aquella ciudad provinciana y pacata que conoció Hemingway y que tan bien retrataron autores como Aldecoa o como Luis Martín Santos. Aquel Madrid de tascas y tabernas, de botijos y pensiones macilentas (para *Viajeros y estables*) y camisetas colgadas de los balcones entre las bicicletas y los geranios que conocieron nuestros abuelos y nuestros padres, ya sólo existe en el cine y en la literatura de aquellos años. Su sonido característico ya no es, como escribiera Ramón Gómez de la Serna, el de los garbanzos al caer en la olla en la que habían de remojarse ni el de los chuzos de los serenos al repicar en la noche sobre el empedrado húmedo de las calles (entre otras cosas porque ya no hay serenos y porque el cocido sólo es posible comerlo en los restaurantes caros), sino el del millón de televisores que suenan tras sus ventanas y el de los dos millones de coches que circulan día y noche por sus calles. Como tampoco es ya su olor característico el de las panaderías artesanales donde se amasaba a mano y el de las vaquerías donde aún había, estabuladas en las trastiendas, vacas reales, sino el de la gasolina que aquéllos queman y el de las hamburgueserías donde se asan trozos de vaca picada y pedazos de pollo congelado de Kentucky.

En los últimos treinta años, Madrid ha cambiado mucho y se nota en cuanto uno da una vuelta por sus calles. Cierto que aún sigue teniendo ese resabio castizo que le dan los letreros de algunas tiendas —«La primera casa en huevos», «Leche fresca para el niño y el enfermo» o «Se corta el pelo a navaja»— y los portales de algunos barrios, pero eso contribuye, más que a darle un aspecto provinciano, a concederle la pátina que nunca tuvo y la solera que echaba en falta, sobre todo cuando al lado uno se encuentra el comercio de diseño más moderno o la galería de arte más vanguardista y con las azafatas mejor vestidas y con las piernas más largas de toda España. Los modernos de Madrid, que son muchos y muy sandios, desearían seguramente que aquel Madrid desapareciera para ser más cosmopolitas y más modernos que nadie, ignorando que la gracia de Madrid, y aun su modernidad, estriba precisamente en la contradicción constante en la que esta ciudad se debate.

Porque Madrid es la contradición por antonomasia. Contradicción que empieza por tener a un labrador como patrón (una ciudad cuya producción agrícola no sobrepasará a la del Sáhara) y continúa por su propio escudo, coronado por un oso y un madroño cuando los únicos osos que han visto los madrileños son los del Zoo de la Casa de Campo y los únicos madroños que florecen en sus parques han tenido que importarlos. Pero a los madrileños eso les trae sin cuidado. Ellos siguen sacando pecho y mirando hacia adelante, presumiendo de Madrid e inventando la ciudad cuando no pueden cambiarla: no tienen puente de Brooklyn, pero tienen el Viaducto, que es el puente que más suicidas produce al año; no tienen puerto de mar, pero tienen la Cibeles, que es, como dicen los cursis, «el rompeolas de las Españas»; no tienen a San Genaro, pero tienen a San Pantaleón, cuya sangre se licúa cada 27 de julio, aunque no lo vea nadie; no tienen torre de Pisa, pero, como son más chulos, están construyendo dos (las de KIO), inclinadas a propósito y no porque se les caigan.

El madrileño es así: engreído y arrogante. Tiene fama de pagado de sí mismo y él mismo gusta de demostrarlo (sobre todo cuando va por ahí de viaje), pero, a poco que uno escarbe en su carácter, encontrará enseguida un gran tímido o un bendito hecho con agua de borrajas. Los españoles lo saben y, por eso, jamás les toman en serio por más que ellos se empeñen en lo contrario: «Pareces de *Madriz*», les espetan con retranca en cuanto empiezan a alargar las zetas para marcar las distancias.

Pero al madrileño le da lo mismo. Como se cree el centro del mundo porque para él el mundo sólo es España (lo de la capitalidad cultural europea, por ejemplo, que ostenta este año, le trae totalmente al pairo), sigue mirando por encima del hombro a los demás aunque los demás sean más altos, y como necesita convencerse él mismo de que como Madrid no hay nada, lo repite una y mil veces allí por donde vaya. En el fondo, el madrileño es un apátrida que se pasa la vida buscando unas raíces que esta ciudad, a fuer de artificial y hospitalaria, está muy lejos de poder darle. Por eso, y no por otra cosa, la ha instalado en la antesala del cielo, en el refrán y en lo más hondo de su alma: porque la verdadera ciudad es muy dura, porque es tan de los otros como suya, porque cambia igual que él, e incluso a ritmo más rápido, y porque, en último término, el cielo es lo único que tiene el que realmente no tiene nada. Aunque, de tanto ir de un sitio a otro persiguiendo esa quimera y de tanto contarle a los demás que aquí el cielo se toca con las manos, apenas tenga tiempo para mirar el verdadero cielo de Madrid, ese que pintó Velázquez y que es lo único que la ciudad le ofrece sin pedirle nada a cambio.

(1992)

Tres postales portuguesas

1. *El sueño de Sintra*

La Sierra de Sintra, cinco leguas al oeste de Lisboa en el camino hacia el mar, es un sitio singular. De constitución granítica y gran pluviosidad, el paisaje aparece erosionado por completo y cubierto de vegetación —musgos y helechos fundamentalmente, aunque también abundan los bosques y los jardines artificiales, la mayoría ya abandonados y en avanzado estado de descomposición—, entre la que sobresalen docenas de palacios y mansiones construidos en la época en que Sintra era la residencia de verano de los reyes portugueses, alguno de los cuales, como Sebastião I, llegó a fijar allí incluso su residencia habitual, lo que le da al conjunto un aspecto romántico, como de decorado fantástico o de *glorioso Edén*, que fue como describió Sintra Lord Byron, quien por allí anduvo durante un tiempo buscando fuentes de inspiración.

La construcción más antigua es el Castelo dos Mouros, alzado en lo alto de una montaña, sobre la Vila Velha y con una impresionante panorámica que se extiende hasta el mar. Erigido en el siglo VIII y destruido por el noble Afonso Henriques, sus ruinas fueron durante siglos la única construcción visible entre la vegetación hasta que, en el XIV, el rey João I eligió Sintra como lugar de veraneo, convirtiéndola de ese modo en su segunda residencia oficial. En Sintra, por ejemplo, preparó la expedición a Ceuta que iniciaría la expansión marítima portuguesa y en Sintra pronunció aquella célebre frase que ha pasado a la historia de la infamia y que aún puede verse pintada en el techo de una de las salas del Palacio Real: «Por bem (por bien) de Portugal». La pronunció, al parecer, tras ser sorprendido besando a una dama de honor de su esposa, la piadosa Filipa de Lancaster.

Manuel I, de sobrenombre el Afortunado, embelleció el palacio de Sintra, originalmente gótico, con los típicos detalles manuelinos, el arte característico de su reinado y de Portugal, y con las dos chimeneas que se alzan a sus costados y que le dan al conjunto ese extraño aspecto, mezcla de fortaleza y de fábrica, tan peculiar. Le añadió, además, la capilla, pavimentada en mosaico verde y cubierta totalmente de palomas, y las dos salas más bellas del palacio junto con la de las *urracas* y la *china*, así llamada por exhibirse en ella la pagoda de marfil regalada a la infanta Carlota

Joaquina, la española que se casó con João VI, pero que fue abandonada por éste antes de llegar a rey: la de los *ciervos*, decorada con frescos con escenas de caza y con una gran cúpula octogonal, y la de los *cisnes*, que es la más grande de todas y la de mayor luminosidad. Quizá por ello, el rey Sebastião I trasladó aquí su residencia y, quizá por ello también, el malhadado Afonso VI, cuando se volvió loco, decidió encerrarse en vida en él. Fueron sus últimos ocupantes antes de que en 1808 se celebrase en Sintra la convención que lleva su nombre y por la que los franceses, que habían invadido Portugal, accedían a volver a su país, llevándose consigo, eso sí, todo el botín conseguido, lo que provocó tal *saudade* entre los portugueses que la mansión en la que tuvo lugar aquélla se llamó desde entonces el palacio de Seteais (siete ¡ays!).

Desde entonces también, toda Sintra, vacía y abandonada, duerme el sueño de la historia, el mismo que duerme, en mayor o menor grado, Portugal. Quizá es el mismo que duerme su legendario rey Sebastião, aquel que perdió el trono y la vida a manos de los españoles en la batalla de Alcazalquivir, pero del que, como su cadáver jamás fue visto, algunos portugueses continúan esperando aún su resurrección. Resurrección que anunció Antonio Vieira, el milenarista y estrambótico jesuita lisboeta defensor de los indios brasileños y exaltado orador que acabó sus días predicando en una cárcel de la Inquisición, y que popularizó más tarde un zapatero del Alentejo apodado *Bandarra* y autor de unas *trovas* en las que predecía que el rey Sebastião volvería un día para redimir a los portugueses de su postergación histórica y su olvido secular.

2. *Volviendo a Lisboa*

En el Cais do Sodré, en Lisboa, hay un viejo café en el que el tiempo no sólo se ha detenido, como en tantas tabernas y comercios portugueses, sino que corre al revés. El café está en el puerto viejo de Lisboa, en lo que en tiempos fuera un muelle de descarga sobre el Tajo (hoy convertido, tras el desvío de éste, en la Plaza del Duque da Terçeira), y se llama *British Bar*, en recuerdo quizá de los ingleses que durante siglos controlaron el comercio marítimo, que tenía su centro en esa zona de la ciudad. Siempre que voy a Lisboa paso por él. Me gusta sentarme a media tarde en una de sus mesas y, mientras tomo un café, contemplar a través de los cristales el movimiento de los tranvías y el de los negros que, pese a que el antiguo puerto ya ha quedado abandonado y el nuevo lejos de allí, siguen vendiendo en la plaza el pescado que los barcos traen a Lisboa al amanecer. Pero lo que más me gusta del *British Bar*, lo que me fascina de él, es el viejo reloj de pared que preside la barra y en el que, milagrosamente, las agujas y el tiempo discurren al revés.

Nadie ha sabido explicarme el porqué. Quizá fue un simple capricho de su autor o quizá una muestra más del espíritu de contradicción inglés. Sea por lo que fuere, lo cierto es que las agujas y los números del reloj del *British Bar* corren hacia la izquierda en lugar de hacerlo hacia la derecha como todos los demás. Mirándolo, se me pasan las horas sin apenas notarlo y sin darme cuenta a veces de que los camareros, desocupados normalmente en esa hora de la tarde, me están observando a mí. Porque, mirando el reloj loco de Lisboa, el tiempo se me va de entre las manos y el pensamiento, ese reloj sin dueño, me lleva siempre lejos de allí. Normalmente, como las agujas del de la barra, en dirección opuesta a la habitual.

Y es que el tiempo en Lisboa es distinto al de cualquier otra ciudad. Parece detenido en sus paseos y en sus plazas y en esos viejos anuncios de los tranvías que parecen sacados de algún museo de la publicidad: *Cola-Cao*, *Gatão*, *Mirinda*, *Calmante Vitaminado*, *Café do Brazil*. Se remansa en la Baixa, entre los soportales de las plazas del Comercio y de Rossío, con sus restaurantes pobres y sus cafés antiguos, y trepa por las callejas de Alfama y el Barrio Alto impregnando las paredes de las casas y la ropa tendida. El tiempo en Lisboa es como el Tajo, su viejo y amado río: perenne e indestructible.

Así pues, volviendo a Lisboa, el viajero tiene siempre la impresión de no haberse ido nunca. El viajero llega a Lisboa, deja sus cosas en el hotel, sale a la calle y encuentra todo en su sitio. Lo mismo da que vaya a un sitio o a otro, que el café de la esquina sea ahora una oficina o que un edificio entero haya cambiado su fisonomía. El tiempo en Lisboa se impone siempre a todo cambio devolviéndole a la ciudad su rancio sabor antiguo. Ahora, por ejemplo, Lisboa entera es una obra, desde Benfica a Belém y desde Almafa a Dafundo (al parecer, se está lavando la cara para ser en breve plazo la capital europea de la cultura), pero las nuevas obras parecen nacer ya con ese aire vetusto tan peculiar como inconfundible. Es como si esta ciudad quisiera desmentir a cada paso su fado más popular, como si se negara a traicionarse a sí misma. Por eso, volviendo a Lisboa, lo mejor que puede hacer el viajero es tomar un tranvía y recorrerla sin prisas, dejándose empapar por la nostalgia que transpiran sus paseos y sus plazas y que se espesa en

Rossío y en las ruinas del Chiado que remonta a cada hora el elevador *eiffeliano* de Santa Justa: las de las casas que destruyó el incendio de 1988 y las de la iglesia do Carmo, que permanece sin restaurar a su lado como recuerdo del terremoto que destruyó la ciudad en 1755. Luego, de vuelta a la Baixa, y en el camino hacia los Jerónimos (la capilla sixtina del arte manuelino), el viajero hará bien en entrar al *British Bar* para, ante una buena taza de café, contemplar el reloj que, más que marcar el tiempo, le devuelve a Lisboa —y a él mismo— los años perdidos.

3. *Temporal en Faro*

La mañana del día de Todos los Santos de 1755, a la hora de misa, un violento terremoto arrasó Faro —y toda la costa sur portuguesa—, matando a centenares de personas que a esa hora abarrotaban las iglesias. El terremoto arrasó también todos sus monumentos y muchos de los almendros que poblaban y aún se ven en la llanura en la que la ciudad se asienta. Los había mandado plantar, según dice la leyenda, uno de sus reyes moros para que, cuando floreciesen en invierno, apagaran la nostalgia que su esposa, una princesa nórdica, sentía de la nieve.

Pese a ello, Faro continúa siendo una ciudad muy bella. Arrimada al torreón que le dio nombre y asomada a las playas del Atlántico que le han dado su prestigio y su riqueza (Faro es, en Portugal, la capital de la sal y del atún y, últimamente, también del turismo de invierno), conserva la estructura de la vieja ciudad árabe que conquistara en el siglo XIII el rey Afonso III y el sabor marinero y señorial de sus mejores tiempos. No hay que olvidar que Faro es sede episcopal antigua y que aquí se imprimieron, por ejemplo, a cargo de la comunidad judía, en el siglo XV, los primeros libros portugueses.

El centro de la ciudad está, obviamente, en el puerto, a cuyas aguas se asoman las palmeras del paseo en el que la mayoría de los turistas matan el tiempo y la silueta renacentista de la iglesia de la Misericordia, singular por su fachada y por su planta en forma de cruz griega. Justo a su lado, se abre el arco medieval por el que se accede a la ciudad vieja. Allí están, entre otros edificios de interés, la Sé (la Catedral), el palacio episcopal, las iglesias de San Francisco y do Carmo, con su cementerio anexo, y el Miradouro de Santo Antonio do Alto, desde cuyo campanario se divisa todo Faro y el mar de almendros que la rodea; todos ellos —los edificios— reconstruidos tras el terremoto y revestidos por dentro con hermosos azulejos.

Desde el Miradouro de Santo Antonio do Alto o desde las terrazas de los hoteles, frente al puerto, se ven también las luces del faro y, en primer plano, los barcos que cabecean bajo la luna amarrados a los muelles. La mayoría son de recreo, aunque hoy los hay también de pesca. Esta noche no han salido a faenar ante la perspectiva de mal tiempo.

En efecto. Cuando el viajero vuelve a su hotel después de cenar y de tomar un café en un bar del puerto, el cielo amenaza ya tormenta. Un fuerte viento recorre el paseo, doblando las palmeras a su paso y empujando a los últimos turistas hacia los pocos cafés que permanecen abiertos. Pero, a pesar de ello, la tormenta no llega. El viajero la espera sentado en la terraza del hotel, mientras fuma cigarro tras cigarro, inútilmente. Es ya al amanecer, cuando las luces del faro se confunden a lo lejos con las del día que llega, cuando el primer golpe de agua le despierta. La ventana está abierta y, a través de ella, sin necesidad siquiera de moverse de la cama, contempla los relámpagos que atraviesan el cielo y los golpes de viento que doblan las palmeras del paseo. Junto a ellas, impasibles, las farolas continúan encendidas como luciérnagas en mitad de la tormenta y, en el puerto, los barcos se bambolean como si el fuerte viento les fuera a dar la vuelta. En realidad, es la ciudad entera la que parece que fuera a dar la vuelta. Bajo la fuerte lluvia, Faro es ahora un barco a la deriva del que la Sé es la proa y las torres de las iglesias, que siguen encendidas igual que las farolas del paseo, los mástiles, tan delgados y frágiles que podrían romperse en cualquier momento. Viéndola así, desde la cama de este hotel que también parece estar moviéndose, no es difícil tratar de imaginar lo que debió de ser el terremoto que arrasó esta ciudad por completo, un día de Todos los Santos de 1755, matando a centenares de personas que a esa hora abarrotaban las iglesias.

(1993)

IV. Entrevista

Bernardo Gonzalo, mendigo*

Bernardo Gonzalo, asturiano (de Arenas de Cabrales, aunque no es fijo), es un vagabundo. De pasado brumoso y estoicas costumbres, vive desde hace años en la Plaza de la Villa de París, en Madrid, donde es ya una institución y un personaje querido: Bernardo no sólo alterna con todos los asiduos de la plaza (dueños de perros, amas de casa, jardineros, barrenderos, policías), sino que incluso recibe cartas mientras contempla el paso del tiempo sentado en cualquier banco de la plaza, solo o con otros mendigos. *Conforme con su conformidad*, como él mismo se define, Bernardo es un filósofo sin escuela y un observador anónimo de lo que ocurre en el mundo.

Bernardo, ¿para ti, qué significa el dinero?

Para mí, el dinero significa un cero a la izquierda. Yo lo que quiero es vivir la vida.

* Entrevista hecha en 1992 junto con José Manuel Fajardo para la revista *Número de víctimas*. Iba a ser publicada junto con otra a Mario Conde, pero, como Bernardo, se quedó por el camino.

Entonces, según tú, ¿el dinero es incompatible con la vida?

Es compatible, pero no siempre.

Y tú, ¿cómo lo haces compatible?

Yo lo hago compatible siempre y cuando «compata» el dinero con el amor. Si no tienes amor, no tienes ganas de levantarte.

¿Y por dinero no te levantarías?

No, no. Yo por dinero nada. Es que ni me muevo, vamos. Además, has de saber que el dinero viene del maná. El dinero mana, como las fuentes.

Y tú, cuando ves en la televisión o lees en los periódicos que todo el mundo habla del dinero, de la economía, de la Bolsa, ¿qué piensas?

Yo cuando voy a la Bolsa me río de mí mismo. Porque pienso que, de todos los que están allí, hay sólo uno o dos que sí tienen dinero y los demás van sólo a mirar lo que tienen los otros.

¿Y tú a qué vas a la Bolsa?

Pues simplemente por pasar el mero hecho de un ratito viendo lo que hacen los idiotas que van a ver a los que no son idiotas para ver qué es lo que tienen. Y resulta que no se entera ninguno de ellos de quién es el que lo tiene ni quién es el que no lo tiene porque el que lo tiene no lo dice y el que no lo tiene tampoco.

O sea, que aquello es una pantomima.

Hombre, claro. Es lógico, por supuesto, sin lugar a dudas de ninguna clase y en toda la extensión de la palabra. Aquello, allí, es una conjuración de verbos.

Tú sabes, Bernardo, que hay gente con unas cantidades de dinero inimaginables. ¿A ti eso te causa envidia o piensas que hay que pagar un alto precio por ello?

No, no. Yo creo que para hacer ese dinero lo primero es empezar desde la nada, desde abajo, hay que profundizar mucho para abajo, empezar desde unos cimientos muy sólidos. Hay que tener mentalidad, mentalidad de apalancar, ¿me comprendes?

¿Y tú nunca te has planteado ganar dinero?

No, la verdad es que nunca me interesó el dinero. Nunca he sido ambicioso, no, no, no...

¿En ningún momento?

En ninguno, en ninguno. Me gustaría tener, ¿qué te voy a decir yo?, una tienda de campaña en un *parking* o algo así, una botella de champán cuando despierto por la mañana, un bocadillo de mortadela o algo así, pero no más, no ambiciono más. Si acaso, también, un tomate fresco con un poco de sal, pero no ambiciono más.

Pero ¿tú has trabajado alguna vez?

Sí, sí. Estuve trabajando 22 años en la *Pegaso*, de mecánico.

Entonces, ganarías dinero...

Sí, por supuesto. La última nómina que cobré fue de 840.000 pesetas. Me las gasté en el Café Gijón.

¿Qué hiciste? ¿Lo compraste?

No, no, bebiendo. En una semana.

Con varios poetas, claro.

No, con Rosa, una amiga mía, canaria, mi último gran amor. Una mujer a la que he querido con locura y aún todavía la sueño. Todavía no despierto de su sueño.

Si tú de repente, Bernardo, te levantaras una mañana y te hubiera tocado la lotería, o las quinielas, o hubieses recibido una herencia, ¿qué harías con el dinero?

Hombre, si fuera una cantidad muy excesiva, muy excesiva..., no sé. Se la regalaría a Hacienda, para que no me tocaran los huevos. Eso sí, me quedaría con un 5 por ciento para, por ejemplo, hacer toboganes para los niños, para quitar de en medio cierta pulcritud que existe de estorbos humanos... Pero, eso sí, haría cada vez más difíciles los toboganes para que se desarmen los niños de una puta vez. Y para el que no tenga mentalidad suficiente para subirse a un tobogán, pondría escaleras difíciles, cada vez más difíciles, escaleras de caracol, berbiquíes... Y el que no tenga mentalidad suficiente, o suficiente mentalidad, que se vaya a tomar por el culo.

¿Tú entiendes cómo funciona la economía? ¿Entiendes el lenguaje de los economistas?

Por supuesto. Precisamente un día estuve hablando de todo eso con un íntimo amigo mío, José María Ruiz Mateos, aquí mismo, delante del Palacio de Justicia, y se lo dije muy claro: para invertir tiene que haber invertidos. Y él me dio la razón, claro.

¿Tú qué piensas de una serie de personajes de la vida económica española? Mario Conde, por ejemplo.

Hombre, Mario Conde lo conceptuaría bajo mi punto de vista crítico como un vivales.

¿Y al Duque de Alba?

Un gran teólogo, ex teólogo mejor dicho, que dejó la sotana pero no colgó el hábito.

¿Mariano Rubio?

Un buen amigo, un «caballista».

¿Y qué piensas de la política económica del ministro Solchaga?

Bueno, Solchaga para mí es un economista fundamental, muy eficiente. Pero no me acaba de convencer porque es muy unitario y al unísono no se puede trabajar. Además, ha destruido tres empresas que yo quería mucho: Rumasa, Ensidesa y Hunosa.

Y, si tú estuvieras en su puesto, ¿qué harías?

Destituirlo, por incapacitado.

¿Tú por qué has elegido vivir así?

Porque creo que es una vida práctica, insólita, independiente. No tengo que dar explicaciones de a qué hora me acuesto ni de a qué hora me levanto. Vivo, diríamos claramente, en la penumbra, pero también hay luna para mí. La noche es muy bonita: unos buenos tragos de vino, y si es de coñac mejor, una buena conversación, bien sea, ¿qué te digo yo?, de fútbol, bien sea de toros, bien sea de putas, es lo mejor que hay.

Entonces, según tú, ¿el dinero lo que quita es libertad?

Sí. El dinero te quita libertad, de cinco sistemas, en cuatro. El dinero te quita libertad de movimientos, te quita libertad de mirada, libertad de sistema y libertad personal.

¿Y cuál es el que no te quita? ¿Qué es lo único bueno que tiene el dinero?

Lo único bueno que tiene el dinero es que no te falta de nada.

(1992)

Este libro
se terminó de imprimir
en los Talleres Gráficos
de Rogar, S. A.
Fuenlabrada (Madrid)
en el mes de mayo de 1995